Skončilo to u Adama

Sarah Patricia Condor

iUniverse, Inc.
New York   Bloomington

Skončilo to u Adama

This is a work of fiction. All of the characters, names, incidents, organizations, and dialogue in this novel are either the products of the author's imagination or are used fictitiously.

iUniverse books may be ordered through booksellers or by contacting:

iUniverse
1663 Liberty Drive
Bloomington, IN 47403
www.iuniverse.com
1-800-Authors (1-800-288-4677)

Because of the dynamic nature of the Internet, any Web addresses or links contained in this book may have changed since publication and may no longer be valid. The views expressed in this work are solely those of the author and do not necessarily reflect the views of the publisher, and the publisher hereby disclaims any responsibility for them.

ISBN: 978-1-4502-2528-1 (sc)
ISBN: 978-1-4502-2529-8 (ebk)

Printed in the United States of America

iUniverse rev. date: 4/13/2010

Stojím na poušti.
Odkudsi vane vítr. Jemný vánek
mne zavinuje do svých paží.
Sotva je cítím. Ale on ví,
že tu jsem - hraje si
na schovávanou s mými smysly.
Pohlcuje mne bezbrannost a touha a -
a přesto - nevzdávám se
nemlčím, nepláču, nepadám k zemi a nebořím hlavu do písku
jdu
jdu dál
za svou fata moganou
která je mi jedinou realitou, jediným cílem, jediným posláním
jdu dokázat, že existuje -
ne pro ostatní
ani pro vítr...
sama sobě
protože jenom tak mohu žít –

...a sotva se noha zaboří do písku
smyje stopu vítr -
nedohlédnu dál než za dunu za sebou
prázdnou, holou a pustou jako vše kolem
těžkou a velkou - milionkrát větší než jsem já
a přesto si s ní vítr hraje
přesýpá jako hodiny - milióny zrnek najednou
hladí ji a zahlazuje stopy mých nohou
protože na mne nemůže - protože já
jsem víc než zrnko písku
protože už nestojím, ale jdu
možná nevím odkud
snad nevím ani kam
ale na tom nezáleží
protože život nejsou stopy
ale kroky
protože život není vítr
ale já.

S.P.C.

O protikladech a jiných "kladech"

Nejsem autor. Jsem jenom nástroj. Vykombinovaná postava. Sám sebe mám dost. Sám sobě se nelíbím. Viním autora, ale ten - si myslí, že protože jsem stvořen podle něj, dle jeho obrazu, protože jsem jeho výtvorem, tak jsem prostě dokonalý. Ale to já nejsem.

Vlastně existuje-li opak dokonalosti, jsem to já. Nemyslím tím jako že opak krásy je ošklivost - nic není černobílé - ale spíš jako že opakem slunečna je pod mrakem nebo, že když mrholí tak nemůžete říct, že je krásně. I když - vzato filosoficky... Ale škaredo - škaredo a hezko - jsou jen slova. Slova pro ideje, které ve skutečnosti vůbec skutečností nejsou.

Není to zvláštní, že skutečnost je skutečnost, která není, a skutečnost, která je? To co je nikdy není úplně. Je to jako to co víme: jedno indické přísloví praví, že opravdová znalost je když víš to co víš a víš to co nevíš...

Jestli jsem četl Bibli? Snad. To co mi zůstalo v hlavě máte před sebou. Pochopitelně musíte brát trochu ohled na to kdo jsem, nebo vlastně co jsem, a pokud mě budete chtít trhat na kusy, obraťte se na autora. Já jsem jenom postava.

To určitě, uchychtnete se. Ale ano. Tvrdím, že ano - a tak to zůstane. Vzpomeňte si na sebe, třeba někde o samotě - máte neodolatelnou chuť k jídlu, chcete se podívat z okna, na televizi, na někoho blízkého, chcete si ověřit, že všechno je tak jak je a má být. Máte strach? Anebo se prostě chcete natáhnout a hledět do blba, číst noviny a nic nedělat, poslouchat muziku... Proč? Protože jste jako já. Dělám to taky - ať dnes nebo ve 23.století nebo kdy. Nemám proto vysvětlení a tak viním autora. Ale raději ho na kusy netrhám, protože si nejsem jistý, že bych bez něj přežil.

Mám strach. Počítám, že On - ho má taky. Zvedám oči, ale klidně bych se mohl dívat třeba do země. Vlastně by to mělo i větší smysl. Dupněte si. Ani se to nehne, co? Vyskočte do vzduchu a - ejhle! To je asi proč se dívám nahoru: z jeviště se nelze propadnout. Když se propadnete, hra končí. Není kde hrát.

Napadá mne, že jestli jsem hercem já, tak potom musí být hercem On. Kdo tahá za jeho provázky? A co když je to úplně obráceně - co když jsem já ten kdo tahá a On tím kdo se hýbe? Ještě jinak: Co když jsem si ho stvořil proto, abych měl výmluvu, že někdo tahá...? Není ve své podstatě mým protikladem?

Protikladem... Protikladem... On existuje - protože já chci, aby existoval. A je tím, čím chci aby byl. Myslím, že chci, aby byl tím, kdo tahá, kdo tvoří a přetváří a kdo - prostě ten, kdo za to může. Myslím, že jsem snůškou jeho špatných vlastností - těch, kterých se chtěl zbavit a nevěděl jak. Snad se s nimi chtěl jen poprat, vypořádat se... ale stejně: já jsem tady a protože vlastně nejsem, tak jsem o to víc, jak už jsem naznačil - navěky. Amen.

Navíc jste tu ještě Vy a Vy, jak cítím, mi věříte. Je to od vás ušlechtilé. Nevědět, že věříte proto, že jste jako já... málem bych se rozplakal. Ale cynismus stranou. Ten nikdy nic nevyřešil.

Číst znamená nečíst ironicky, cynicky, s nadhledem. Kdo si chce uchovat odstup a nadhled, ten je jako On - musí si vytvořit svou vlastní postavu, aby dokázal žít. Ale, vážení, žije? Tažte se sami sebe - máte nadhled? - a žije?

Tuším se teď uchylujeme k primitivním algoritmickým funkcím, které s radostí přenechávám svým kolegům docentům doktorům inženýrům profesorům a laureátům užšího kolégia prezidenta Fefersona. Pravda, náhodou jsem byl přítomen. Náhodou...

Náhoda je i to, že Vy jste teď zde a čtete tyhle řádky. Čtete mne takového jaký jsem. Snad to není všechno. Snad je víc. Snad ani náhoda není všechno. Náhoda může být i docela málo. Říká se, že štěstí přeje připraveným. Říká se toho spousta. Ale co to znamená - být připravený? Být připravený znamená vidět náhodu. A náhoda - ta je všude kolem. Asi jsme všichni slepí nebo co... Ale dost možná na to zrak nestačí.

A to je náš problém - nestačí se dívat očima. Tak mne napadá, že slepí vidí lépe, než my, kdo vidíme - než Vy, kdo čtete tyto řádky. Možná. Možná kvůli protikladům...

Jsme zase u toho - "vidět" je jen pojem, slovo pro něco, co vlastně ani nevíme co je. Jako "náhoda". Jako "štěstí". Jako nespočet dalších slov a pojmů a termínů které nám běhají mozkovnou jako myši po zaprášené knihovně.

Já jsem měl štěstí. "Štěstí" to je vidět, vnímat, cítit - "náhodu". Náhodou jsem. Náhodou jsem byl. Náhodou budu i to co jsem nebyl ale co jsem v bytí věděl, že nejsem. Protože vědět, že jsem to co nejsem a vědět, že nejsem to co jsem - to znamená mít štěstí - to znamená vidět - cítit - vnímat - Být.

Dnes si již nelze postulovat karteziánské rovnice, nebo se definovat v podmnožině nevědění. Nelze si hrát na schovávanou s atomy a s klidem se dívat šimpanzům do očí. Nelze se nedívat do zrcadla a nezapomínat východu z jeskyně. Jeskyně, o které víme, že nechceme vědět. Někdy je nechtít vědět lepší...

Nicméně nechtít vědět není totéž jako chtít nevědět. Ve vztahu k Bytí je to ale totéž: win-lose nebo lose-win? rozhoduje se manažer. Když bude dnes win-lose, zítra nastane lose-win. Tak fungují boží mlýny. Proto je někdy lepší mít oko pro náhodu. Nemusíte sbírat desetníky, dávat si papuče na stále stejné místo, vstávat pravou nohou z postele, nebo psát stále stejnou propiskou.

Nechtít vědět není volba. Ani chtít nevědět není volba. Kdo totiž volí záporně, ten jako kdyby nevolil. A to je vše o čem to je - volba. Takže přeji šťastnou ruku, odhodlání a - dobré oko.

Podle sebe soudím, že denně provedeme okolo třinácti milionů voleb - takových malých volbiček, volbičiček - než jdeme spát a devadesát devět celých devět procent z nich přesuneme na police té nejzaprášenější části naší knihovny, zavřeme dveře a myslíme si: "To jsme na to vyzráli!"

Na co?

Každá ta volba je jako malá bitva, bitva mezi dobrem a zlem. Ale jak jsem řekl na počátku - nic není černobílé. Máte strach? Bojíte se, že zpochybním Vaše bitvy a bitvičky, Vaše bojůvky a tahanice...? že zpochybním Vás?!

Ale od toho tady jsem.

Sebe už více zpochybnit nemůžu. Takže - jste takoví mí pokusní králíčci. Předem se omlouvám. Nemám plán. Nemám už ani volbu. Mám jen Vás. A Vy - ?

Vy máte jen mě. Takže -

zatím...

Váš,

Postava

Geneze

Vypadalo to jako poušť. Jen ta zima... Tundra? Ne, to přece... Podíval se kolem sebe - neznámá suchá země: popraskaná půda, kameny, prach, písek. Písku ani ne tolik. Šero. Musí být noc. Nebo se stmívat. Kde je sever? Hvězdy? Ne, žádné nejsou. Obloha. Přitom se nezdá být zataženo. Vlastně je zataženo...

Najednou mu ztěžkly nohy. Z ničeho nic nemohl dál. Ani krok. Spadl. Odpočíval. Těžce vydechoval, vědom si váhy svého těla. Tak těžké. Tak těžké. Tak těžké...

Letěl vzduchem až se ocitl ve velkém větrném víru - spolu s ptáky a všelijakou jinou havětí - viděl létat kozy, krávy, divokou zvěř - všichni letěli - různými směry a přece spolu - dlouze a vytrvale a přitom rychle a bezmocně - letěli ve víru a neměli čas pozorovat - čas nebyl, čas skončil, čas byl všude kolem ale oni letěli prázdnotou, prázdnotou kolem které byl čas, ale v ní bylo jen a jen prázdno - tak zaniká svět? tak končí láska? ale s každým koncem něco začíná... měl by se těšit - měl by jásat - všichni by měli jásat... jásejte! jásejte! křičel okolo sebe a mával pěstmi až z ničeho nic mu do obličeje vlétl veliký netopýr - s lidskou tváří a vlasy a oči, oči měl černé a přitom krvavě podlité a podíval se na Adama - krátce, ale ten pohled říkal vše: proč? znělo mu v uších, očích i celé hlavě, jeho tělo se třáslo zimnicí i horkem zároveň - proč? - znovu ta prázdnota, nesnesitelná prázdnota - nahoře, dole - nic: proč? proč? proč?

Cukl sebou a otevřel oči. Ani se to tolik nezměnilo, pomyslel si. Nahoře nic, okolo nic. Pousmál se. Co se vlastně stalo? Ale to je jedno, to vyřeší potom. Nejprve musí najít vodu, jakoukoli vodu... Kolik to bylo hodin co nic nepil - dvě, čtyři, šest? Podíval se na své prázdné zápěstí a zakroutil hlavou. Jak? Ne, tak to nebylo. Proč?

Rozhlédl se kolem a v dálce spatřil něco jako ocelový prut. Ne tak vysoký jak by si přál, ale alespoň nebyl tak těžký. Zvolna k němu došel a uchopil ho. Měl zvláštně černou barvu. Váha byla podle očekávání - tak tak že ho zvedl. Počal s ním rýpat do země v marné snaze ho ukotvit. "Sakra!" Zaklel a zkusil to z novu. "Do prdele...!"

Najednou se zastavil a rozhlédl kolem. Ne. Nikdo. To se lekl vlastního hlasu. Je jako šílenec. Tak dlouho nepromluvil... a první slovo... Zastyděl se. Měl dokonce dojem, že červená. Ale přece ho nikdo neslyšel. Připadal si trapně - skoro jako malé dítě které už po několikáté vešlo se zablácenými boty dovnitř na koberec a máma ho přitom přistihla. To se dělá? Ooups.

Jakoby viděl sám sebe jak stojí uprostřed nikde - někde co není kde - a drží tyč a nevrhá stín, pražádný stín a jen stojí a stojí a stojí tyč a stojí on - a stojí - a stojí?

Po chvíli si uvědomil na co čeká - čeká na vítr. Ano, to je ono. Čeká až zafouká. Nic. Chtěl si naslinit prst aby ho pak vystrčil do vzduchu a ucítil i ten nejmenší nejzanedbatelnější vánek, ale měl ho tak špinavý až se sám lekl. Koukal kolem sebe a čekal. Kdyby ucítil vítr... Vítr musel vanout od moře. No, ale mořskou vodu by přece - no jo, té by se nenapil. Ta by mu byla nanic.

Nebyl v obydlené oblasti? Začal vzpomínat kde vlastně byl, kde asi je, co se asi stalo - ale měl prázdno, naprosté prázdno v hlavě. Neviděl nic než tu poušť, prazvláštní poušť, která se nepodobala ničemu co kdy v životě viděl... Když vzápětí si uvědomil, že neví, že vlastně neví co kdy viděl. Jeho mozek, ač cítil, že pracuje na plné obrátky, byl jako čistě zformátovaný disk, jako vynulovaná paměť, jako zakrnělý neuron na křemíkové desce: čas - rok, měsíc, den - roční období, místo, minulost... vše šlo mimo, kolem. Beze stopy. Jako duch. Jako duch. Jako duch...

Rýpnul do země a vší silou se pověsil na prut. Ten jakoby se mírně prohnul, ale nepopojel ani o píď. Znaven a vyčerpán, nechal ho spadnout na zem. Čekal ránu, ocelově rezonující odpověď. Toužil po té odpovědi. Toužil po narušení toho ohlušujícího nepříjemného ticha, ale uslyšel jen dunivé štěknutí, tiché a lhostejné, jako kdyby za zavřeným oknem spadla na čerstvě posekanou trávu cihla.

Otočil se a pomalu se začal šourat dál. Bude to muset zvládnout bez orientačního bodu. Snad si najde jinou orientaci. Hvězdy pořád nevycházely. Ani po slunci nebylo památky. Zvláštní - skoro se zdálo že začíná den. Nebo končí? Nebyl s to odhadnout která varianta je pravděpodobnější, ale fakt byl - a zdálo se, že zrak mu slouží dobře - že šero, ve kterém se před pár hodinami probral se ani trochu nezměnilo, že bylo stále stejné

- stejně temné i světlé. Stejně tiché, stejně páchnoucí, stejně nehynoucí. Stejně věčné. Věčné šero. No ne, pomyslel si, ze mě je básník! Pousmál se vlastnímu důvtipu, avšak nebyl si tak docela jist čemu se to vlastně směje. Asi se jen tak chtěl smát. Tak se smál.

Krok. Krok. Krok. Dva, čtyři, šest... Rozhodl se, že je bude počítat. Proč v sudých číslech? Neměl důvod. Prostě ho to napadlo. Šel a každých sto kroků zvedl oči a rozhlédl se okolo sebe. Nebyl si úplně jist, ale věděl, že má schopnost jít se zavřenýma očima rovně. Musel mít pocit, že jde mírně doleva a pak šel správně. Věděl to, protože si to už jako dítě vyzkoušel na ulici před jejich domem. Vzpomněl si na dům. Dům! Je z města. Ale ne, mohla to být i vesnice. Nemyslet, nemyslet. Počítat. Počítat.

Tři sta. Rozhlédl se okolo sebe. Terén se neměnil. Nic se neměnilo. Snad jenom on. Věděl, že je o tři sta kroků dál od místa - od nějakého místa. Hlavních bylo těch tři sta kroků!

Poušklíbl se s malým sebeuspokojením jako politik nad chytrým bonmotem. Jen tak dál... Na co to myslel? Na minulost. Na minulost. Na minulost... Ale na minulosti prd záleží, projelo mu hlavou. No a co - tak nemá minulost. Tolik lidí nemá minulost, pomyslel, ale někde hluboko uvnitř věděl, že si nalhává. Hlavní je, že má budoucnost - přítomnost a budoucnost. Tak je to. Budoucnost. A těch tři sta - rozhlédl se - čtyři sta kroků bylo jeho. Byly to jen jeho kroky, jeho cesta, jeho směr a jeho cíl a nikdo mu je nemůže vzít. Nikdo.

Šel dál dokud vyčerpáním znovu nepadl. Ještě měl chuť se plazit a chtěl dál, ale uvědomil si, že musí šetřit silami. Neměl co jíst, neměl co pít, neměl... Víčka mu klesla a jenom mysl jakoby sama, oddělená od těla, nezatížená bolestí, hladem a vyčerpáním - jen jeho mysl jako by šla dál, počítaje kroky jeden za druhým, na přeskáčku i pozpátku - do stovek, tisíců, milionů... Dál a dál. Dál a dál...

Zase byl ve vzduchu - snažil se ovládat směr, kterým letí, řídit postavení rukou a nohou - něco mu říkalo, že se dějí věci, kterých by si neměl být vědom, věci, o kterých by neměl vědět - žc by neměl být při vědomí... ale byl, byl a všechno viděl, slyšel a cítil: řev, hukot, vír, kouř i vichřici, trhání látek, nárazy, jekot a vše přehlušující vichr a tlak a něco, něco víc, co se nedalo popsat, co znělo i neznělo zároveň, co cítil i necítil, protože mu něco říkalo, že nemá cítit, že nemá vnímat, že nemá slyšet... vybavila se mu tvář netopýra a podíval se okolo sebe: zhrozil se - všechno mělo lidskou tvář, veškerá zvěř, chovná i divoká, rostliny, kameny, kusy dřeva i všeho ostatního, všechno mělo tvář a úsměv a oči a ústa - a jakoby se dívaly na něj, mluvily k němu - věci, jsou to jenom věci: jste jenom věci! zakřičel, nebo chtěl zakřičet a cítil jak se mu otvírají ústa, jak i jazyk dělá co má, ale přesto nevychází ani hlásek... těžce a křečovitě pohyboval obličejovými svaly a připadal si jako sprinter ve zpomaleném záběru, kterému nabíhá pusa s každým krokem nahoru a dolů, vibrují rty a drkotají zuby - neznatelně, zdánlivě neznatelně, ale přece - a znovu zaslechl: proč? tisíceronásobná ozvěna mu trhala bubínky a v tom si uvědomil, že letí, že padá, že zahyne - že toto je zánik, zánik jeho, zánik všeho, všeho, co existuje - pro něj - co je tu pro něj - že až se vzbudí, že se nevzbudí, že nebude, že nebude svět pro něj a on pro svět, ale vše půjde dál, protože čas přece nelze zastavit, znásilnit, pokořit - protože čas je běh planet, vesmír, všechno kolem a on, on je součástí času - vždycky byl a vždycky bude - ne - ne - ne! Ne! NE!

"Nnéééé!!!" probudil se vlastním jekotem. Uvědomil si, že to byl jenom sen. Ale co byl jenom sen - to, co bylo, nebo to, co je? Nebo snad to, co bude? Zakručelo mu v břiše. Musí dál. Musí dál. Musí dál... Jako by ho nějaká vyšší bytost komandovala, říkala mu, že musí vstát a jít a počítat. Vzpomněl si, že počítal, že předtím počítal kroky, že ty kroky byly jeho a přinesly mu uspokojení a že jakmile je udělal, tak mu je nikdo jiný nemohl vzít. Znovu se ušklíbl. Ne, tentokrát se zasmál. Snad povýšeně, snad s pohrdáním, ale byl to smích a potěšil ho - a věřil, že by potěšil i kohokoli jiného kdo by tam byl s ním.

Uvědomil si svou samotu, tu neuvěřitelnou samotu a ticho. Každá hodina - co, každá minuta - byla tisíckrát delší. Možná, že tam byl jenom hodinu. Možná, že jenom deset minut: kdo to mohl vědět? Kdo jiný, když ne on sám? Vzpomněl si na sen a najednou se chtěl probrat, chtěl se probrat a probudit se někde... někde jinde. Bylo úplně jedno kde.

Chvíli ležel a čekal, ale nic se nedělo. Ticho. Klid. Ledový chlad. Chlad. Otřásl se zimou. Ne velká, ale přece zima. Musí jít - jít dál. A co dál? Co pak? Však ono něco přijde... řekl si. Ale, není to sen? Je to sen? To ho trápilo. Začal křičet okolo sebe. Nahlas, jak to jen šlo. Nesmyslně - prostě křičet do vzduchu. Jako lev, jako zvíře, jako dítě, jako on sám. Čekal, že se vzbudí, že se probere, nebo že ho někdo jiný vzbudí, ale nic. Zhola nic. Nestalo se vůbec nic. Kousl se do rtu až ho to zabolelo. Ucítil teplou tekutinu a polkl jí doušek. Byla sladká a teplá. Byla jeho. Zmáčkl si dolní ret o zuby a vydoloval ještě jeden doušek. Bylo mu lépe. Lépe z pocitu, že kdyby už dál nemohl tak věděl, co udělá. Na vlastní krvi může nějakou dobu existovat, přesvědčoval se. Vlastní krev -

Z ničeho nic jakoby něco zaslechl - nějaké zvláštní prasknutí, nebo písknutí. Bez hnutí naslouchal, ale neopakovalo se to. Rozhlédl se po pustině. Stále nic nemohl pochopit. Vybavil se mu nějaký nekonečný seriál který musel kdysi sledovat - jeden z těch na živo vysílaných nesmyslů, na kterých vyrostla jeho generace. Jeho generace? Nebyl si jist co ta slova znamenají. Generace, opakoval si v duchu. Generace... Píchlo ho v kotníku. Jakoby byl nějaký stařec. Kolik mu je? Hřbet ruky snad svědčil na víc, ale paměť, ta zatrápená paměť... Přece kdyby byl opravdu starý, tak starý jak se momentálně cítil, určitě by si na něco vzpomněl, určitě by si pamatoval - .

Zdálo se, že tmavošedá obloha o krapet zesvětlala. K orientaci to nepřispělo, ale v dálce se zjevil obrys hor. Nebylo to tak úplně jasné, zejména pokud byl na poušti, ale alespoň má orientační bod. Teď ví kam jít. Prasknutí. Přímo za ním.

Rychle se ohlédl a spatřil malého kocoura, černého jako noc, jak na něj tázavě hledí. Nechápal kde se vzal když se ještě před minutou rozhlížel kolem a nic živého neviděl.

Těžce a pomalu si dřepl. V kolenech mu zakřupalo jako v přesýpacích hodinách. Kocour se naježil a prskl. Viditelně se bál. Ale útok ani z jedné strany nepřipadal v úvahu. Něco zašeptal a vystrčil prst. Bylo jedno co říká - nechtěl se poslouchat, nechtěl slyšet lidskou řeč, nic smysluplného. "Kama čama čama čama..." žužlal jak nejpřívětivěji dovedl, ale kocour se ani nehnul. "Copak ty andílku, ty se mnou nemluvíš?" řekl polohlasem. "Ale nikdo jiný tu není, tak s kým budeš mluvit?"

V tom kocour otočil hlavou a poodběhl o pár kroků dozadu. Díval se pryč, do neznáma. Oba stejní dobrodruzi. Možná je to napadlo zároveň, možná ani jednoho, ale byli na stejné lodi. Adam se zvedl a popošel ke kocourovi. Ten odstoupil o pár kroků dál. Tak to šlo několikrát za sebou. Bezvýsledně.

"Tak si trhni," sesumíroval Adam a obrátil se na patě až to vrzlo. Umínil si, že půjde dál - směrem k horám, jak si naplánoval. Tam určitě najde něco k jídlu, aspoň bobuli nebo nějaký květ nebo... cokoliv. Nepřestával doufat. Nevěděl v co doufá, ale věděl, že doufat musí. Bůh? Jestli nějaký byl před tou katastrofou tak teď už určitě není. A jestli je, tak rozhodně ne tady, projelo mu hlavou a zvedl oči. Pořád byl stejně nekonečně daleko svému cíli. Ale alespoň měl cíl. Měl cíl a věděl, kam jde. Kocour? Psheh! Bastardík bez mozku... pár neuronů a už si myslí.

Rozhodně ale pomalu, ubíral se Adam k horám. Nebylo poledne, nebylo ráno, nebylo večera. Bylo jen věčné šero, nevábné načichlé šero bez vánku kde vše stálo nehnutě a neskutečně reálně na svém místě - každý kamínek, oblázek, zrnko písku - kus nedefinovatelné hmoty v prostoru. Stály i myšlenky stejně tak jako vzdálené skály a vše co bylo mimo dohled.

Z tiché kontemplace ho vyrušilo známé prasknutí. Nemohl si pomoci - ohlédl se a spatřil černočerného kocoura jak se determinovaně blíží v jeho stopách. Jakoby ho honil. Nebo snad kontroloval? Možná tam byl, aby ho kontroloval, napadlo ho. Možná to byl posel - něčeho nebo někoho. A když přežil on a přežil kocour - ať již se dálo cokoli - možná přežil i někdo jiný. A možná přežil Bůh, ten bastard co byl všeho příčinou, pousmál se krvežíznivě: "Ten tady stát přede mnou, ten se na mě podívat, já bych mu ukázal zač je toho loket," zahromoval. Snad si to uvědomil, než natáhl bačkory..

Rozesmál se vlastnímu důvtipu. Trhavě jako starý tuberák. "Tak kde jsi, co, ty teplej bastarde?!" zakřičel do prostoru co měl sil, ale vzduch byl mrtvý. Nic se neozývalo, nic nerezonovalo, nic nevibrovalo, žádná ozvěna mu neodpověděla. Asi přece chcípnul, pomyslil si. Sranda. Byl tu on, jenom on.... a kocour černý jako uhel a studený jako led.

I tak byl rád, že není sám. Možná ho slyšel jak před tím hlasitě křičel. Ohlédl se. Nebavilo ho trucovat. Kocour mu byl stále v patách, stále ve stejné vzdálenosti, stále se tvářil stejně odmítavě. Snad přemýšlel nad sebou, nad svou minulostí, nad budoucností - měl-li jakou.

Téměř s pohrdáním od něj odhlédl. Dělal, že si ho nevšímá a pískl si. Věděl, že kocour ho sleduje, každý jeho krok. I kocourovi musela být jasná jejich situace, jejich smůla ve štěstí. Nebo štěstí ve smůle? Jak se to vezme... Ne, nebude si ho všímat, bude se chovat jakoby nic.

Musel jít tak dvě, tři hodiny, než se znovu ohlédl. Spatřil jak kocour přešlapuje a dychtivě zvedá přední tlapku. Na Adamovo pousmání nereagoval ani fouskem. Když si Adam dřepl a chvíli kocourovi domlouval, smolně černé zvíře zpozornělo a udělalo krok blíž. To byl úspěch - pro oba.

Naneštěstí to tím skončilo. Další dvě hodiny proběhly stejně jako předchozí a následující jako ty další. Nebylo kam spěchat, nebyly síly, nebylo nic. Byl jen cíl a ten stál pevně na obzoru. Nehnul se ani o píď, což Adama nesmírně posilovalo, dodávalo mu odvahy a víry a naděje. Byl to jediný pevný bod v jeho životě - nebo ve snu?

Po nějaké době nepříjemného cestování se rozhodl, že si chvilku odpočine. Natáhl se jak široký tak dlouhý tam kde právě stál. Bylo to docela jedno - zem vypadala všude úplně stejně nehostinně. Zvedl hlavu a spatřil kocoura jak stojí kus od něj a tázavě zírá.

Položil hlavu a hleděl přímo před sebe - do vzduchu, mraků, směrem kde snad bylo slunce - někde daleko, vysoko a nedosažitelné. Natáhl ruku jakoby chtěl polapit nějakou neviditelnou kouli, tenisový míček letící přímo na něj, nebo se dotknout mraku, bílého obláčku které vídal v dětství. V dětství...

Exodus

"Já jsem to věděla. Neříkala jsem, že to tak dopadne?!" řekla matka a podívala se na otce. Ten ani nevzhlédl od netu. "Neměl jsi tam chodit." "Ale já jsem musel," namítl Adam. Slíbil to přece a i když nešel do školy kvůli té omluvence, tak do té tělocvičny večer jít musel. Ty tomu nerozumíš, mami, chtěl říct, ale neměl odvahu. "Běž do svého pokoje, nechci tě vidět!" řekla nerudně a ještě než odešel zaslechl jak se provokativně ptá táty co bylo v práci. Prudce za sebou zavřel. Dost prudce na to, aby si vylil zlost, ale pořád to nebylo dost na to, aby jí dal znát svou sílu. Sílu, kterou cítil, že má kdesi uvnitř. Sílu, která byla silnější než cokoli kolem.

Do pokoje nešel. Rychle si nazul tenisky, přehodil přes sebe bundu a vykradl se ven. Bylo krásně - jarní den plný slunce a čerstvého vzduchu. Teda, relativně čerstvého pokud se tak dalo mluvit o vzduchu patnáctimilionové metropole jako Shin Shington nebo sousedící Nové Haveno. Sedl na bicykl a rozmýšlel kam se vydá. Chvíli projížděl mapu na počítačové obrazovce před sebou a nechal počítač kalkulovat kilometry. Potom vyťukal Tomovo číslo, ale telefon nikdo nezvedal. Ještě zapřemýšlel nad tím jestli nemá zůstat doma a napojit se na Studio aby se podíval co dělají ostatní, ale hned v zápětí to zavrhl. Ostatní ho vůbec nezajímali. Ne teď a ne tady.

Sedl na kolo, nechal počítač zkalkulovat nejklidnější cestu k jezeru, vypnul automatiku a šlápl do pedálů. Bylo opravdu krásně. Už několik dní se snažili v CDT rozehnat inverzi, ale tohle rozhodně nebyla jejich práce. V tom se mu na obrazovce objevila tvář Toma.

"Zdravím, Ádo, jedeš k jezeru?"

"Hmm.."

"Mám přijet? Měli bychom to ještě probrat."

"O.K."

Adam se prodral špagetami odhlučněných silnic a napojil se na stezku pro cyklisty, která se vinula podél parku až k okraji jejich čtvrtě. Když nad ním přeletělo policejní vznášedlo jen letmo zkontroloval rychlost a vjel do tunelu. Na displeji stiskl kolonku hudba a nechal náhodně vybrat. Bylo to fajn - klid a pohoda. Dočista zapomněl na matku a její neustálé výčitky. Venku na cestách býval nejraděj.

Po chvíli dojel k jezeru, lehl si do trávy a koukal na oblohu. Byla krásná. Pár nadzvukových dopravních letadel na ní vytvořilo zvláštní rudé nitě od horizontu k horizontu. V tom zaslechl Toma.

"Táta říkal, že dřív byly ty proudové čáry sněhobílé," prohodil když si Tom lehal vedle něj.

"Teď si představ, že by každá měla jinou barvu..."

"A byla i různě široká..."

"To by vypadalo," dodal Tom napůl žertovně a napůl sarkasticky. Chvíli tam jen tak leželi a zírali nad sebe. "Dneska jsme štěpili neurtrina," řekl Tom.

"Já vím," odpověděl Adam. "Koukal jsem na to přes CVR. Ale přišlo mi, že jste tam hodili málo dusíku. Proběhlo by to mnohem rychleji."

"To je fakt, ale DJ to udělal schválně."

"Já ho nechápu. Já bych tohle učit nemoh. Třeba literaturu nebo tak něco ale furt dělat stejný experimenty dokola by mě nebavilo," řekl Adam a kopl do kamínku, který vyčníval z trávy. "Myslel jsem na ten včerejšek," prohodil. "Došlo mi, že už to skoro máme a budem to muset otestovat."

"To nebude jen tak nějaká prachová prda jako s tím vodíkem," odpověděl Tom.

"Právě..."

"Nechal bych to na léto. Naši si zaplatili Lunaex a budou 14 dní pryč. Víš co to je 14 dní?! Chlape, to je věčnost!"

Ticho. Z dálky k nim přicházel zvuk aut a tokerů pomalu se šinoucích městem. Adamovi se zdálo, že zaslechl cvrdlikání ptáka. Bylo mu krásně.

"Co vaši?"

"Co já vím, snad taky zmiznout. To by byl veget."

"Mám dost šlupek na tokera na Kajmany. Mohli bychom si tam doletět i s Littleboyem a vyzkoušet ho. Je tam 240 kiláků půlkruh kde nic nelítá. Navíc jsem zjistil, že tam kdosi dělal výbuchy pozitronů asi před pěti lety. A byla by to fajn dovolenka."

"To jo," souhlasil Adam. "Nepochybně." Otočil hlavou k Tomovi. "Ale jak tam chceš dostat Littleboye to nevím..."

"I to už jsem zmáknul. Rozložíme ho a hlavici obvážeme Senekalem a zabalíme do granitolu - takhle ani laserem ani ultrazvukem nic nenajdou."

"Ale na sonar to nebere," namítl Adam.

"Na to se vyprdni. To je riziko podnikání. Koho by napadlo, že to je hlavice, když to nereaguje na laser?"

"To je fakt. Navíc i kdyby nás chytli tak nám je teprv šestnáct - no ne?"

"Přesně."

Zmlkli a hleděli na mírně zčeřenou hladinu.

"Myslíš, že tam jsou ryby?" nadhodil Tom.

"Prý jo, ale já ryby stejně nesnáším."

"Proč?"

"Ani nevím. Možná proto, že mi je máti furt cpe a říká jak je musím jíst, že v nich jsou nějaký kraviny."

"To mě zase cpou jiný věci," odpověděl Tom. "Prej mám jíst všecko, protože bude bída. To jsou celí naši."

"No, koukals na zprávy?"

"Ne, proč? Něco o čem bych měl vědět?"

"Prej někde na východě vymysleli nějakou bombu na základě černé díry..."

"Co je to za blbost?"

"Fakt, nekecám. Zkoušeli to na Kajmanech a prej to odpařilo celej korálovej útes."

"To bude zas nějaká politická fraška kvůli ekonomice. Vždycky když mají na východě problémy tak vymyslej novou bombu. Říkal to můj táta. Prý v padesátým taky strašili že mají světlovlnnou bombu a přitom ji vymysleli až u nás o deset let později."

"No, ale ty snímky byly vážně - "

"Ále, víš co se dneska dá nafilmovat. Já bych jim nevěřil ani slovo. Když to nevidím přímým přenosem přes CVR tak tomu nevěřím."

"Prej je metoda jak se to dá zjistit."

"Co?"

"Co co?"

"Promiň, cos říkal?"

"No, že se dá zjistit jestli to co vidíš je pravý nebo je to fejkovaný."

"To by mě zajímalo jak."

13

"Něco s rastrováním ale musí na to bej modem."

"Hmm..."

"Trápí tě něco?" zeptal se Tom po chvíli.

"Ani ne, jen mi nějak není dobře."

"Čekoval ses?"

"Ale fyzicky jsem fajn, jen - " Adam se odmlčel. "Znáš to..."

"Jo, ale když se tak cejtím tak si dám nějakou správňáckou hru nebo se proletím nebo tak. Vždycky to přejde. Včera jsem ti hrál dobývání měsíce. To je fakt super hra, musíš to zkusit. Normálně si celou dobu ve stavu bez tíže a střílíš po těch zmetkách. Je to sranda."

"Hmm..."

"S tebou dneska nic není."

"Promiň."

"Jo."

"Mám pocit, že od té doby co jsou na Měsíci arabové je to pořád horší."

"No, když to tak vezmeš... někdo tam bejt musí."

"Mě by to nevadilo..."

"Prosimtě, co bys tam dělal. Za půl hoďky bys objel půl planety, nikde pořádná hora, nikde vlastně nic pořádnýho. Mátina když se nakrkne tak říká, že se vodstěhuje na Měsíc a veme si nějakýho z těch zazobanejch arabskejch šmejdů. Fuj, já bych se ho ani nedotknul. Vypadaj tak vohyzdně."

"Každý jsme nějakej," namítl Adam, ale vlastně mu to přišlo jen jako taková fráze. Nic víc. Nic za tím neslyšel.

"Jo," přešel Tom jeho poznámku bez povšimnutí. "Ségru bych tam prodal. Měli bysme vo pár šlupek víc a byl by svatej klid. Co ta tvoje?"

"Co?"

"Ségra."

"V pohodě."

"Neke? Hele já mám tý svý tak akorát. Furt mi nosí moje věci, bere mi mý hry a vůbec je drzá jak přehřátej robot."

"Ono ji to přejde."

"No jo, vona ta tvoje je vo něco mladší, to bude tím. Počkej za rok za dva..."

"Hmm... Možná."

"Určitě. To mi dáš za pravdu."

"Asi jo. Zatím je to OK."

Na chvíli oba zmlkli a hleděli na vodu. Adamovi se honily hlavou myšlenky na jejich společný pokus. Hrozně ho vzrušovalo vyrábět vlastní bomby. No, mezi klukama to bylo vcelku normální, ale i tak - přišlo mu, že on k tomu přistupuje jinak. Svědomitě Vždycky hltal každou novou informaci a před spaním pročítal Dějiny světových válek.

"Co děláš než jdeš spát?" Napadlo ho, že by se mohl Tomovi svěřit.

"No, někdy to - no - koukám na hodiny co bylo ve škole a tak, ale většinou poslouchám hudbu. Krejzy bastardy a Nutty mothers, ty mám nejradši. Jsou takoví hodně přirození, víš co myslím. Jsou sami sebou. Prostě pohoda..."

"Hmm.." Přikývl Adam, ale úplně souhlasit s tím nemohl. Jednou viděl Krejzy bastardy ve virtuální televizi jako záznam z koncertu. Chytil už jen konec jak jdou z pódia a tak je sledoval do šaten. Udělalo se mu pořádně zle, psychicky zle, z toho co tam potom viděl, ale nikomu to nemohl říct. Věděl, že jedná protizákonně. Na druhou stranu si byl vědom, že i kdyby to prosáklo, tak se mu stejně nic nestane. Ne v jeho věku. Trochu na to hřešil, ale nedělal nic zvláštního, rozhodně ne nic, co by nedělali ostatní. Každý věděl, že osoby s nejutajenějšími a nejstřeženějšími datovými systémy jsou současně i ty nejohroženější.

"A ty?"

"Já si většinou projektuju na zeď dějiny. Hrozně mě to baví."

"Zapínáš pole?"

"Někdy. Já se většinou neodrušuju. Prý to je nebezpečné a mě je to stejně fuk."

"Tobě je jedno jestli na tebe někdo čumí když jdeš spát? To mě podrž! To seš asi jedinej ze třídy. Jo, to bych bral si večer nad postel hodit třeba takovou Ámu a-"

"Ale tak jsem to nemyslel." Hájil se Adam. "Jen mi přišlo, že soukromí je něco co by se mělo respektovat i bez nějaké rušičky."

"Bla bla bla... Mluvíš jak nějakej politik."

"Jo."

"Jo. Koukej kde už sme a ještě sme nic pořádnýho neřekli. To je prča, co?"

"To asi, no, asi máš pravdu."

"By mě zajímalo proč se to jmenuje Exodus? Ty někam jedeš? Vyhánej tě vaši?"

"Ne. Zeptej se autora."

"Je to blb. Si to přeber jak chceš."

"Už vím. Naši chtějí aby se ségra vdala."

"No, to je teda důvod! Mě podrž - dyť je mladší než ty."

"To je fakt, tak to asi nebude ten důvod. A ta tvoje?"

"Hele, ségry z toho vynech," napomenul ho Tom. "Tam ten kůň neleží."

"Jaký kůň?"

"To je jenom taková fráze."

"Pes se říká, ne? To máš jedno, já říkám třeba HDCR."

"Co to je?"

"To je ta bedýnka co ji máte doma v obýváku."

"Myslíš pod televizí na zdi?

"Jo."

"To je... Myslíš topení - ?"

Zasmáli se.

"Stejně mi to s tím Exodem nějak nejde do hlavy," podotkl Adam.

"Exotem?"

"Ha ha, Exodem. Ale to je fuk."

"Četls někdy Bibli?"

"Co to je?"

"Před takovýma dvě stě, tři sta lety bylo všechno o Bibli."

"Blbost."

"No vážně."

"To myslíš na začátku 21.století?"

"No," Adam zaváhal. Ve fyzice byl machr, ale dějepis mu nějak zvlášť nešel. Náhodou jednou doma zabrousil do fajlu Symbolismus planety a - ". Řekl o tom Tomovi.

"No jo, ale to bylo dřív. A taky je to úplná blbost."

"Ale i dneska máš lidi, kteří jsou takoví - no," to slovo mu nějak nešlo přes jazyk. "Fanatici," řekl nakonec a podíval se na Toma.

"Jo, to sme i my dva, ne?" zasmál se Tom. Vstal a poodešel k nádrži. V umělé trávě spatřil malý kamínek, který se tam nějakou záhadou zatoulal, zvedl ho a hodil do vody. Na mírně zčeřeném zrcadle se rozvlnily symetrické kruhy. Od místa dopadu se zvedlo něco páry a voda se zpěnila. Tam asi moc ryb nebude, pomyslil si.

"Víš, stejně by bylo fajn dodělat školu - už jen kvůli tomu, že ti dají čip..."

"Ádo, já jim na ňákej čip seru. Celý mládí strávím ve škole a pak mi to všecko stejně daj do čipu - na co je to dobrý? Na prd."

"Výhody to má," namítl Adam.

"To jo, ale bejt napůl robot?"

"Já ti nevím, ale já bych to bral spíš jako zdroj informací..."

"Já mám všechny informace, který potřebuju," odsekl Tom.

"To nejspíš nemáte," ozval se za ním chladný metalový hlas. Tom se s leknutím obrátil a spatřil vysokého muže v uniformě. "Podle odstavce 4578 file 231 sbírky 007A stojíte na soukromém pozemku - majitel R.Robinson Konstrukce a rekonstrukce podzemí - sídlo - "

"Dobře dobře dobře. To stačí," zastavil ho Tom. Mrkl na Adama, "Mizíme."

"Musím vás varovat, že váš kredit byl snížen zanešením této informace bodu minus dva do..."

Zahnuli za roh a začali se smát. "Viděls ho?" vyprskl Tom. "Impotentní chvástoun."

"Nechytačka. Ten než by se obrátil tak - "

"Víš, co by byla prdel? Podrazit mu nohy. Pepa z B šest nula říkal, že to jednou udělal a pak se díval jak vstává. Trvalo mu to pět minut a když se konečně zmátořil, Pepa mu podrazil nohy ještě jednou."

"Tomu to tak věřím - a co kamery? Neříkej mi, že tam do pár sekund nebyl další..."

"Prej né. Bylo to na předměstí Lonely Village... Tam prý je pořád míň než deset milionů lidí a většina bydlí v podzemí."

"Krtci," šeptl si pro sebe Adam.

"Cože?"

"Ale nic..."

"Chtěl bych vidět tohodle parchanta svíjet se na zemi v elektrickým šoku," zasmál se Tom. "Hele, jakto že to někomu patří? To bejvalo vždycky veřejný místo, ne?"

"Taky myslím," odpověděl Adam. "Poď to čeknout," vybídl Toma a společně se napojili na katastr. Plocha tam opravdu byla označená červeně.

"No, vsadil bych se, že ještě včera byla zelená," řekl Tom znechuceně. "To je fuk. Hele, musím už domů, jo?"

"Hmm," kývl hlavou Adam.

"Tak čau a měj se," Tom zvedl ruku a nedbale s ní máchnul vzduchem. "Co je s tebou?"

"Nic, jen jsem na něco myslel," odpověděl Adam.

"Ty furt na něco myslíš," Tom obrátil oči v sloup. "Dyť ti to může bejt u prdele, ne?" našlápl pedál a rozjel se. "Dyť je to fuk," stačil ještě zavolat přes rameno.

"Jo, asi máš pravdu. Nejspíš je to fuk," Adam svěsil hlavu a rozjel se za Tomem.

Intermezzo

X:X   a jejich chrámem nechť bylo jest co nebylo a nebude protože nebýt znamená být řekl On a vytratil se

X:X   a chrám jejich co postavili zbořili a zbořili i chrám který nestavěli protože stavěti nemohli a tak stále dál

X:X   a potom nastal zvrat kdy si uvědomili že ví co ví ale nevěděli že neví i když jablko nepadá daleko od stromu

X:X   a seděli v chrámu který nebyl a přemítali o dětech které neměli a ten jehož jméno na M začíná Euréka zvolal

X:X   a jali se jmenovati věci které nebyli a nebudou a nemohli být protože /on/ chtěl tomu tak

X:X   a stejně od dětí Sraele brali šperky a opály a nádoby zlaté a stříbrné a rouna pestrobarevná a voloviny jiné

X:X   a tak bylo tomu neb chytrý /On/ na hoře jakési pravil cosi

X:X   a matce mléko došlo než slunce zapadlo a prohlásivši Na východ Ach Na východ pár jich šlo než ostatní skutků svých sliby dostáli

X:X   a železné bůžky ve vodě lovili

X:X   a hladem trpěli a trápili se neb ušlechtilí chtěli býti

X:X   a na ušlechtilost pošli než jí dostáli neb nedostojíš ničeho když pojdeš pravil /On/ na té hoře než se dolů ze skály vrhl

X:X   a dolů sestoupiv ten jehož jméno na M začíná jal se zkoumat ostatky na kameni rozplyzlé

X:X   a shledav onoho Ona kterýv raditi se mu pokoušel Ach pronesl a usmál se těžce

X:X   a ten jehož jméno na A začíná zaklel když svíci chtěl zapálit a zapalovače nenašel

X:X   a tak i další den se stalo že nic lepšího oni vymysleti nemohli než vymysleli doposud a čím více mysleli tím méně vymysleli ale mysleti nepřestali neb za vzor svůj onoho Onoho si tiše vzali

X:X   a hlavu od těla oddělili a tělo vzhůru nohama obrátili by krev rychleji odtekla a mauzoleum páchnouti nezačalo

X:X   a z mozku jeho užírali a radovali se z moudrosti moudrého který moudro moudře páchal

X:X   a mezi nasycenými klid a mír se rozhostil

X:X   a lebku vyžranou na kůl nabodli a u chrámu nepostaveného ji do neplodné půdy zabodli a divili se a divili

X:X   a standardou jejich lebka ta stala se a piráti duší se zovali sami sebe lidem svým i cizím

X:X   a kohokoli dotkli se v blba se proměnil když blbem již byl a když nebyl tak ho z něj udělali

X:X   a vláda jejich krutá byla a spravedlivá neb sobě vládli nejlépe jak dovedli

X:X   a ten jehož jméno na A počíná stále zapalovače najíti nemohl tak šel a věštbu pronesl

X:X   a k lidu nesvému takto pravil Vy ještě nevíte co vás čeká ale já vás obléknu jak jste oblečeni ještě nebyli a čepce na hlavu dám vám a zubní pastu aby vám z huby nesmrdělo amen

X:X   a stalo se jak on pravil než za Oním skočil

X:X   a hody byly a jeho rad pranic nedbali neb ho nikdo neslyšel

X:X   a i kdyby slyšeli tak sociální dávky platili a šoufl jim to bylo

X:X   a všechno bylo přesně tak jak je řečeno zde a pokud někdo myslí že to jinak bylo tak to bylo jinak

X:X   a stál stůl se svíci nezapálenou a modlitbou nevyřčenou a stojí dodnes

X:X   a ve chrámu který není meluzína naříká neb ona ví a vidí že není co viděti a co věděti

X:X   a Srael žije dál a vládu má od počátku do konce takovou jako dříve takovou prohnilou jako vláda každá býti má neb sobě vládne a shnilé jablko k zemi padá stejně

X:X   a červ z něho leze a slovy toho jehož jméno na A počínalo praví že nic není jak se zdá až na to co se zdá že je ale není protože se zdá

X:X   a on vzdělaný je a tak hlasu který není dále naslouchá než jablko se rozpadne a pronese naposledy

X:X a nečekej na jablko protože až shnije tak ty zgebneš taky a dříve lepší nežli později a k vodě můžeš s koněm jít a nikdo žízeň míti nemusí

X:X a tak se také stalo a k vodě šli a žízeň neměli jen se vymočili a dále šli až k hoře a okolo hory a za horu a nahoru a dolů a doprava a doleva ale ropu nenašli

X:X a meče faraóna ctili a sedmý den pouze pracovali

X:X a ty jejichž jména na M a A počínají si za vůdce postulovali neb věděli že nejsou nebo jsou a pak nebudou nebo nejsou nebyli a nebudou nebo nejsou i jsou a jedno jim to bylo

X:X a velká radost vzešla když On už mlčel a bláboly své nevypouštěl

X:X a smrad pouze pouštěl neb zahrabati ho opomněli

X:X a smrad ten konfrontovali v duchu doby své a vzdělání nejlepšího

X:X a na školách učili jak smrad konfrontovati aby pohroma nenastala amen amen aúm aúm aúm

X:X a kobylky běhaly a západní vítr se smál a vše bylo fajn

X:X a on i On i jiní kdo bastardi proradní byli jednou napořád jimi zůstanou

X:X a každý není bastardem kdo ve Sraeli žije i když v prdeli světa býti může

X:X a každý není proradný kdo žije mimo něj /ni/ ačkoli do výkalů vidí pouze

X:X a bratři a sestry se spojili a kolem kůlu pěli neb pověrčivost a slepota převládne všem kdo si s ohněm zahrávají ale sirek ani zapalovače nemají

X:X a tak se také stalo než vysvobození přišlo

X:X jaké to sami nevěděli

X:X věděli že nevěděli

Leviticus

Ticho. Klid. Vzdálené hučení něčeho. Čeho? Kde? Kdy? Proč? Jak?... Měl pocit, že mu mozek vypovídá službu. Chtěl požádat čip o informace, ale jakoby celá paměť při nárazu zmizela. Obloha - stěny - čtyři stěny - šest stěn - osm: co??? Kde to je? Záblesk očí černé kočky a tma. Únavná, nekonečně padající tma. Tma jako když vyhasnou hvězdy, jako když i ten poslední žhnoucí odštěpek v ohništi dohasne a jenom zima a tma se rozlije kolem aby uhasila naději na nový den. Smát se? Plakat? Svět byl prý stvořen z pláče... Z bolavých, páchnoucích očí stařeny, která snad plakala nad zvířaty v opuštěné krajině co se nemají kam schovat a čeká je smrt hlady, snad nad jejich společným osudem, ale dost možná pouze nad sebou samou, svým stářím a nemohoucností, svou hluchotou, svými vrásky a nezdravým pachem. Pachem smrti. Smrti, ze které jde strach, ale budí i respekt a úctu. Smrti, která je všude a přesto ji nikdo nevidí. Protože nechce vidět?

A oči plakaly a plakaly a z každé její slzy vzešel nový život, z každé slzy vyrostla květina nebo se z ní narodilo zvíře. A vidouc matku plakat, také plakalo a z jeho slz zas nové pokolení vzešlo... až celá zem se pokolením staré ženy obtěžkala a žena na smrtelném loži pak plakat přestala.

Co to je za blbost? Napadlo Adama při brouzdání se computerovým světem stvoření. No, Bibli jsem četl, aspoň část, ale tohle... Co je moc to je moc. Vlastně by mi to museli vštípit už mnohem dřív - takhle to v životě nemůžu akceptovat. Podíval se dál.

Na vodě pusté plula loď a na lodi té starý děd seděl. Seděl a plakal. Děde, proč pláčeš? Pláču neb osudu svého se bojím, odpověď jeho zněla. I Ondatra jemu kus půdy vylovila neb se jí stařečka zželelo. Neboj se osudu svého, řekla tajemně. Sama Tě chrániti budu...

Ondatra - pha!

Ticho. Kdesi se pohnul kamínek. Adam otočil hlavu tím směrem, ale nic neviděl. Zase zavřel oči. Panenky pod víčky mu jezdily jako divé. Ne, mrtvola nebude, zařekl se.

Plují obláčky po dětské obloze a zasněně se plouží den. Za oknem jsou domy a lidé a silnice a vzduch a život a ostatní věci které se zdají být tak neskutečné ale skutečnost říká že nejsou protože opravdu jsou a tak to jde dál a Adam stojí a přemítá a k jeho uším doléhá zvuk radia, šum robota a větrání a interního okruhu který se vypíná jen výjimečně z důvodů které nechápe i když slovům už rozumí a je teplo v tom bezpečí domova i když nikdo není nablízku jako obvykle a to mu už dávno nevadí protože má skoro všechno co chce - od hraček až po počítače a roboty a televizi a jiné vymoženosti dítěte třiadvacátého věku - a snad jediné co postrádá je chtění protože chtít pro něj nic neznamená protože chtít nemá co ani koho a protože nikdo si zatím nedal ten čas aby mu vysvětlil význam toho slova...

"Chceš?" hlas sestry ode dveří. "Co děláš?" reakce na jeho kroucení hlavou. "Brácha, co blbneš, poď něco dělat," tahá ho za rameno, ve druhé ruce brambor. Jednou na půdě našel nějakou starou zaprášenou knihu s obrázky a bylo tam namalované něco malého a tmavého a pod tím napsáno "brambor". Domyslil si zbytek - všechno bylo dřív menší. Menší a nepravidelnější. A kratší a hezčí.

Mrknul na ségru a její megabrambor, který vyjídala speciální lžící. "Chceš?" Jestli chce? Snad, možná. Chce ven na vzduch. Do ticha. Někam kde nejsou všechny ty kamery a hýbadla. Chce být pánem věcí kolem sebe. Ne aby si na všechno musel dávat pozor a všechno poslouchat. "Adame⊠! Kdo to rozbil?! Adame, kdo ulomil ruku tomu robotovi!? Adame, cos dělal že je záznam pryč?! Adame, kdo rozladil lednici!?" Všechno na něj padalo. Když otevřel lednici aby si vzal něco k jídlu, počítač na dveřích se rozladil, když se chtěl napít ulomil ruku robotovi u kohoutku, když se chtěl obout, převrhl robota na odpadky a ten se spálil...

"Tak ty si chceš hrát, co?" podíval se s opovržením na sestru, která ujela pohledem. "Kdyby ti máma neřekla abys přišla, tak nepřijdeš, co?"

"Jako kdybys ty někdy přišel za mnou! Když chceš kritizovat, kritizuj si sám sebe. Já jdu ven!" Prásk.

"Krávo!" zakřičel.

Dveře se otevřely. "Blbečku malej!" řekla a práskla za sebou ještě víc.

I když se Adam tvářil uraženě a nespokojeně, tak se mu vlastně líbilo, že ji vytočil. Udělal by to znovu. Ve vnitř byl dočista klidný a myslel na život. Myslel na to, co s ním, co bude až vyroste, jakou bude dělat práci. Nejspíš inženýra jako táta. Ale chtěl by spíš být pilotem. Ne tím moderním strojvůdcem, který jen sleduje obrazovku a nic nedělá, ale pilotem jaké viděl na záznamech v encyklopedii, kteří opravdu řídili letadla a létali vzduchem a mohli se dívat na krajinu a letět kam chtěli, ne po předem naprogramované křivce jako náboj v hlavni pušky. Chtěl být pilotem jednoho z těch starých strojů, které viděl v muzeu. To by bylo něco!

"Adame!?" vyrušil ho nepříjemný hlas z intercomu. "Adame, co děláš?"

"Ale nic, mami," odpověděl co nejsmířlivěji.

"No, to je právě ten problém. Už deset minut tě sleduju přes intercom a ještě ses ani neotočil. Naprogramuj praní a objednej nákup. Ne že zas rozladíš počítač. Jsem zvědavá, kdy se to naučíš. Přiletím v pět tak nastav HCR a VDG. Musím letět. Zatím ahoj." Obrazovka intercomu přepnula na počasí. "Kulisa," řekl a počítač přepnul na obraz vodopádu a slunce z národního parku Acidfluids. To ho uklidnilo, ale vzpomněl si na své nedořešené životní dilema. Co s tím? Co s životem? Kdyby měl peníze tak se nechá kryonovat a až budou zas letadla tak... ale ty už nebudou. Nebo se bude dát cestovat do minulosti. Možná i do budoucnosti... To by bylo něco - utéct přes staletí pryč - . Pryč!

Přivřel oči a - "Nastavit praní!" robot vyštěknul ze záznamu. Jednou to všecko roztříská! Nezbude ani šroubek, ani kondenzátor. Nic!

Otočil se na patě a zamířil k robotovi na praní. Musí se to naučit - ha ha: a co je na tom? Prý to bude potřebovat až vyroste! Dost možná bude potřebovat něco dočista jiného. Vyšel na chodbu, přiložil ruku na dekodér a vyběhl ven. Chvíli jen tak lelkoval, až si nakonec lehl do umělé trávy a začal si představovat jaké to asi musí být žít na Měsíci. Nebo někde docela jinde. Nebo v jiné době. Napadlo ho cestovat vesmírem, dívat se na galaxie, poznávat planety... To až jednou půjde, to bude něco. Trápilo ho, že celý ten svět, všechno venku, nejen to co vidí, ale hlavně to co nevidí je daleko, je hrozně velké a nelze uchopit, potěžkat, zjistit jaké to opravdu je. Vlastně jestli to opravdu je. Ale i tak mu bylo dobře. Jen ta spousta otázek ho mátla. Rozhodl se, že půjde zpátky domů a mrkne se na intersíť. Bavilo ho brouzdat se po ní a bavit s lidmi. Byl v soukromí a zároveň se mohl koukat na lidi a poznávat je. Sice mohli i oni vidět jeho, ale to už šlo mimo něj. Hlavní bylo co vidí on.

Pokud mu jedna věc opravdu chyběla, byl to dobrý kamarád. Trápilo ho, že sestra kamarádku má kdežto on ne. Ta na tom byla vždycky líp -

ani poslouchat nemusela tolik jako on. Jen proto, že je chlap a že se od
něj čeká, že bude doma, spolehlivý a pracovitý starající se o domácnost
a že bude všechno spravovat a obskakovat, tak už od dětství musí víc
poslouchat a ještě dělat, že je rád a že je mu to vlastní. Ale nikdy mu to
vlastní nebylo a nebude. Vzpomněl si na jednu příhodu, když se jeli na
dovolenou proletět na Měsíc. Byli pohromadě - on, ségra a rodiče. Lístky
dostal táta jako zájezd od firmy. Od doby co se vyhrotila vojensko-politická
situace mezi Araby a přistěhovalci ze Země, bylo obtížné se tam dostat.
Víza dávali zřídka a vyžadovalo to dost velký diplomatický um a zvládání
byrokratických detailů.

"Je mi líto, ale vás pustit nemůžeme," řekl po chvíli úředník u pultu.
"Žádost našeho procesoru o přehodnocení vašeho povolení byla oprávněná,"
řekl směrem k Adamovi. Zdálo se, že mluví pouze s ním, přestože otec stál
hned vedle něj.

"Ale já mám stejné vízum jako - " začal se bránit.

"Bohužel, ale musí vám být jasné, že musíme ke každému případu
přistupovat individuálně a v tomto případě vám vyhověno být nemůže.
Jedná se o širší hledisko v posledních statistických datech, kdy - "

"Jestli mohu něco podotknout," vmísil se do diskuse Adamův táta.
"Jedeme na dovolenou, jedeme jako rodina a buď - "

"Pardon, pane inženýre, ale zajisté chápete, že musíme dodržovat
určitá nařízení a osoby ve vztahu na úrovni tři a nižší mají v současnosti
zákaz přechodu."

"A jeho sestra je na jaké úrovni?" zeptal se provokativně otec.

"Všechny ženy jsou o úroveň výš, takže bohužel nemůžeme - "

"Prosím vás jak si to vůbec představujete, jenom proto, že je někdo
muž tak mu upírat určitá práva? To je diskriminace, víte?"

"Uvědomuji si vaše rozhořčení, pane, ale v tomto případě byste
musel podat písemnou žádost čtrnáct dnů před plánovaným odletem.
Navíc musíme provádět rezervace, zajišťovat pojištění a vůbec se starat o
bezprůtažný průběh do všech detailů ke spokojenosti všech zákazníků.
Není to snadné. Musím také podotknout, že by v této kauze pomohlo
lobovat na středisku, ale to nejspíše zamítnete jako zdlouhavý a nejistý
proces."

Chvíli tam jen tak stáli a hleděli na sebe. Ani jeden z nich nic neřekl až
Adamova sestra probudila trapné ticho, "Tak co máme ale dělat?" zeptala
se.

"Doporučoval bych zde přítomného juniora poslat na dovolenou na
nějaké příhodnější místo a vy byste mohli cestovat bez něj." Jeho odpověď

byla strohá, automatická a výstižná. Jako by se ptal: "Nějaké dotazy? Ne? Děkuji za pozornost..."

Adam rychle zahnal pokračování a hlasitě si pro sebe vzdechl. Hodil pohledem po displeji pračky - 30 sekund - přešel do vedlejší místnosti, prošel k lednici a nechal ji nakoupit. Pak se vrátil zkontrolovat pračku jestli je vše vyprané a suché. Každý pohyb probíhal jeho myslí mechanicky, téměř nezpozorován jeho vnitřním já. Uvažoval jako jednoduchý počítací stroj a ani si to neuvědomoval. Uvědomoval si jedno - že je zvláštní, jiný než ostatní. Nevěděl v čem ani proč ale věděl, že má nějaké poslání. Nikdo mu neřekl aby věřil v Boha nebo poslání nebo aby četl Bibli, ale přesto ten pocit měl. Jednou se o tom i snažil zmínit ségře, ale ta se jen smála.

"Poslání jo!" vybouchla smíchy. "To se teda povedlo - počkej až to řeknu Lizině - ta se smíchy podělá."

"Si blbá?"

"No, taky říkala, že její brácha má poslání. Prej se furt piplá v nějakcjch omalovánkách jako mimino a žbleptá o poslání. Vy dva byste se měli dát dohromady."

"Možná jo," pronesl Adam vážně. "Práskačko..." vypustil nenávistně. "Všechno musíš - ". Nenechala ho domluvit. Blesklo mu hlavou jak nedávno s Tomem omylem uškvařili sousedovic papouška a jen Enola to viděla a tak je práskla. Ale ne, tak zlomyslná není. Je prostě jenom - ...

"Možná jo," procedila Enola. "Možná byste se poslali spolu..." To jí přišlo jako výborný vtip a dala se do smíchu znovu. V tom otevřela dveře máma a Adam byl sestře vděčný, že jí nic neřekla. Co by ona na to? Dokázal si to představit. Řekla by, že on byl jejím posláním a že pro něj udělala už dost a že určitě bude jeho poslání takové, aby nemusela s prázdným žaludkem na stará kolena prodávat dům. Tak. A ještě by dodala, aby si vzal příklad ze sestry, té inteligentní a schopné, té, která to jednou dotáhne daleko, protože je po ní.

Večer. Večer a usínání. Tma a samota. Tma. Samota, která těší, protože je tichá a nenávratná. Protože je všude kolem a každé živoucí pohnutí se do ní halí. Samota, která není vidět a přece je. Jako poslání. Jako naděje. Naděje, která neumírá - pouze se neustále rodí aby zapustila kořeny a čekala, až kolem půjde někdo s konví, až se objeví vyvolávač deště a zakřičí, "Á, Bože, už můžeš ven, už je po všem! Už odhrň temnou oponu přesycenosti a nepokoje! Už nechej déšť kropit sémě které tu zasel pocestný nevěda co činí!" Protože kdyby to věděl, určitě by si semínko nechal na horší časy. Nebo by ho vyměnil na trhu za něco potřebnějšího - nůž a provaz. Pardon, kondenzátor a integrovaný obvod. Mikrovlnný vysílač a anténu. Rozdvojku do zásuvky k dalšímu přístroji který má sloužit, ale ve skutečnosti si podmaňuje... a až teprve ve tmavém tichu se ta neviditelná vazba rozplývá a velké malé JÁ velkého malého člověka si odpočine od geneticky modifikovaných molekul záření vlnění a neviditelného tření které odírá samo jádro věci až na bílé místo na kterém se Herkules pere s Oedipem o místo na slunci. A vyhrává ten bez větších skrupulí. Vítězí ten, kdo dokáže zabít - ten, kdo se nebojí tmy. Ten, kdo má tmu rád, protože v ní jsme každý sami sebou. V ní se nemusíme bát neviditelných štěnic, podmanivých robotů a neskutečného světa plynoucích idejí, které už neznamenají nic, dočista nic. Snad jen čekání a náznak snění. Snad jen ten sen, který se rozplyne a po něm zbude pára v níž spatříme svůj vlastní obraz - obraz věčného dítěte v rozpadajícím se světě, kterému se snažíme porozumět a zuby nehty se pereme za každý centimetr, každou píď toho světa jako by ten svět byl vše, co opravdu máme, jako by pro nás byl vším - ačkoli víme, že není, že nemůže být - nikdy - opravdu náš, opravdu skutečný, opravdu věčný. A samo slůvko "opravdu" se oprošťuje od našich rtů, uniká našemu citu, čichu, hmatu i sluchu, nechává nás opuštěné na předměstí velkého biblického města v poušti, které není ničím víc, než fata morganou, pouštním přeludem unaveného poutníka - toho, který nezasadil sémě života, ale ztratil ho. A tak se bude neustále vracet, pátrat, hledat a zkoumat kde se stala chyba. Kde se stala chyba... Kde se stala chyba - ? Kde se stala chyba?!

Čísla

"Kde se stala chyba?" zeptal se sám sebe. Byla hrozná zima. Netušil kde je ani co tam dělá. Musel mít okno. Nebylo to špatné - nic si nepamatovat. Čím dál více si v tom ale liboval, tím více si byl jist, že to je iluze, že se mu to nezdá, že opravdu leží opuštěný uprostřed nikde a že ten výbuch byl opravdu ten výbuch o kterém si myslel, že to ten výbuch nikdy nebude protože to nesměl být ten výbuch ale nějaký úplně jiný výbuch a odvrácené straně světa, sluneční soustavy, vesmíru..

Jakmile zvedl hlavu a spatřil oči velké černé kočky přímo naproti svým a vše se mu vybavilo. V sekundě skončila cívka jeho paměti opět u kocoura. Byl nevinný, tak nekonečně nevinný, že nemohl pochopit jak to mohl přežít, jak mohl po všem co se ještě stalo dýchat a tvářit se tak - tak - tak nevinně! Proč? Ne, přece se tím nebude trápit. "Pitomá kočko," šeptl jakoby vyvolával ducha. "Pitomá kočko," opakoval hlasitěji. Kocour se ani nepohnul. Čekal. "Pitomá kočko!" zakřičel nakonec a mávl rukou jako jeřáb chystající se ke vzletu. Kocour uskočil o metr dál, ale očima neuhnul.

Adam se pokusil pohnout. Cuknutí paží ho vyčerpalo. Všiml si při tom, že se mu na kůži objevila nějaká nevábně vypadající vyrážka. Boží znamení... napadlo ho. Musí být Bůh. Bůh musí existovat! Měl dojem, že přišel na něco opravdu velkého, že by se o to měl podělit. Začal se proto škrábat ze země. Kupodivu to bylo snazší, než si původně myslel. Udělal pár velmi účelných a předem promyšlených pohybů a najednou stál vzpřímeně a suché podrážděné zemi, která jakoby se mu smála, jakoby k němu mluvila: "Co teď? Co bude teď???"

"Co by bylo - nic!" zřetelně a poněkud nabubřele prohlásil. "Jsem tady!"

To bylo vše, co řekl. Ani o slovo víc. Ba co víc, ani hlásku navíc nevydal, ani slabiku. Když mu nikdo neodpovídal, nechal Zem Zemí a pomalu se dal do chůze. Musel ležet celou věčnost - na to jak byl rozlámaný a zničený. Celé tělo ho svrbělo a cítil se špinavě a nepohodlně. Kdyby bývalo šlo jen o pohodí...

Šoural se dál. Hlavu měl sklopenou, snažil se šetřit energií. Představoval si kde asi je ale jeho geografické znalosti nebyly nijak ohromující. Především se vždycky spoléhal na navigační systémy a když už byl někde sám tak mohl odvysílat GPS a na hodinkách se mu objevila poloha. Teď neměl ani hodinky, ani nebylo kam vysílat - nejspíš. To zatím nevěděl. Neměl příliš dobrou představu jaká destrukce byla způsobena, ale byl si docela jist, že to postihlo celou planetu, o Měsíci nemluvě. Tam se museli uškvařit.

Raději toho nechá, myšlení vyčerpává. Okamžitě se mu vybavila věta devět z Čísel: "Myšlení vyčerpává, poslušnost posiluje." Snažil se si vzpomenout na desátou, ale nešlo mu to, tak začal od jedničky. Alespoň obrátí pozornost někam jinam než na tu pustinu.

Jedna: "Věřím pouze tomu, čemu mám věřit."

Dvě: "Ve svých představách jsem pouze tím čím mám být."

Tři: "Žiji abych sloužil ostatním a sobě."

Čtyři: "Vše, co dělám pro sebe, dělám pro druhé."

Pět: "Nikdy neporuším, co je dáno."

Šest: "Budu řádně jíst a mluvit."

Sedm: "Budu pracovat a dělat to, co musím."

Osm: "Nebudu přemýšlet nad tím co dělám."

Devět: "Myšlení vyčerpává, poslušnost posiluje."

Deset: "Budu vždy chovat úctu - ?" Najednou jakoby v dálce něco spatřil. Něco, co vypadalo jako tělo. Lidské tělo. Mohl ujít sotva pár kroků - že by si toho nevšiml? Bez dechu opakoval začátek desáté věty Čísel: mechanicky, nevěděl co říká. "Budu vždy" co to jen k sakru může být? "chovat" to je ženská? "chovat se" je nebo není? je! "chovat se jako" Zakopl. Vnímal jak letí tváří přímo k zemi. Zpomalený film v aljašském fotbale, kdy se míč rozplácne o hlavu robota... Vyletí anténka, pružinka - úsměv a PLESK! Důležitý je úsměv, úsměv na kamery. Znatelně se zaškvířil a dopadl tváří přímo do prolákliny ze které čněl betonový kvádr se zakrouceným železem. Málem si píchl střep skelné vaty do oka. Uvědomil si, že ta zem je vlastně úplné naleziště materiálu a surovin. Hlavou mu projelo, že je všude kolem v kousíčkách celá civilizace a že stačí to nějak poskládat dohromady a všechno bude zase ou-khej. Je tak inteligentní! On to může dokázat. On má to, co jiní nemají. Věta jedenáct: "Mám to, co jiní nemají!" Perfektní! Přece jenom to k něčemu je, ten systém - ten systém - ten systém - věta deset: "Budu vždy chovat úctu sám k sobě." Už jenom dvě věty. Vzpomněl si na jeden moment ze své školní docházky, když byl ještě malý a ve Vědě a nauce brali zrovna Čísla. Ten den byl zkoušený, ale nemohl si pro nic na světě vzpomenout. Hlavou mu bleskaly úplně jiné myšlenky. Dělali s Tomem tenkrát ten pokus, ten zatrápený pokus. Ale to je jiná story.

"Takže?"

"Takže?" podíval se na obrazovku a zároveň do kamery profesora.

"Takže co? Tři - dva - jedna - "

Nic.

"Poslouchám?" Suše metalizovaná atmosféra s hlasem rezonujících a vibrujících pružin. Dokonalost sama.

Nic.

"Tak dnes to Adame máte za O1 takže nashledanou a příští rok. Další?"

Nenáviděl to. A v ten moment mu to bylo docela jedno. Mohl si vzít minilab s sebou a dát si ho za ucho, ale nechtěl riskovat. Nevěděl jestli tenhle šašek má detektor nebo ne. Raději neriskoval.

Ale risk je zisk.

"Tak co bylo dnes ve škole?" zněla první věta - jako obvykle.

"Nic zvlášť," odpověděl a snažil se být co nejvyrovnanější.

"Nechtěj, abych si zapnula záznam," pohrozila matka.

"Ále - zkoušení z Čísel."

"No a? Cos dostal?" řekla s neskrývaným napětím.

"Nula-jedna," odpověděl odevzdaně.

"Nula-jedna.Nula-jedna? Nula-jedna! Tak můj vlastní kluk dostane z Čísel nula-jedna! To se to nemůžeš naučit?! Víš kde pracuju?! Víš, že kdyby si kdokoli z podniku pustil záznam a prosáklo to na veřejnost, tak mě vyhodí?! Co?? Co ty na to?!"

"Ale já - " snažil se odporovat. To nebyla dobrá taktika.

"Ale ty co? Tobě je to jedno, že!? Tak pánovi je to jedno! Počkej až přijde táta, ten ti to spočítá!"

"Můžu jít?!" zeptal se tiše.

"Cože!? Tak pán si chce jenom tak odejít! Ty si myslíš, že já se celý život dřu, aby ty sis mohl užívat, aby ty ses mohl flákat a hrát si?! Tak to jsi teda na omylu, pacholku!? Já si na tebe posvítím!"

"Ano," kývl poslušně hlavou.

"To víš, že ano!" Zahřměla. "Teď mi zmiz z očí! Na netu budeš mít zprávu o svých úkolech navíc."

"Hmm..."

"Cože?"

"Děkuji."

"Tak. Teď běž!"

Úctu sám k sobě, projelo mu hlavou. Vlastně je to tak jak to má být. Dvanáct - ne, jedenáct: "Pouze v nouzi teče krev." Vzpomněl si na třídního katachetu, který se nad tím usmíval když vysvětloval právě jedenáctku - Jako když máte díru v systému a nabourá se vám tam někdo, koho poté vytrekujete a oddatujete a nakonec o něm víte všechno, víte co jí, s kým kdy a kde co dělá - prostě všechno - chodíte za ním večer na net, můžete mu blokovat systém a dělat různé nepřístojnosti, ale nakonec stejně uvidíte, že cokoli uděláte tak jeho to nezmění a vy se můžete dostat do potíží protože budete naprosto stejně trekovatelní jako on a dost možná se k vám dostane dřív, než vy k němu - teda dostal by se, dozajista, kdyby jste neznali Čísla a nevěděli, že musí téct krev neboť nadešel případ nouze...

Tak. To bylo. Basta fidli. Adam nikdy nepochopil co to je případ nouze a nikdy by se mu to nestalo - teda myslel si to - do nedávna. Když nyní stál nad tělem té mladé ženy polonahých a svůdných tvarů tak v něm rostl vztek. Mísil se s pohrdáním a nenávistí. Pak na chvíli ustoupil jen aby přišel v ještě větší a silnější vlně. Věděl, že by měl jít dál, ale nedokázal to. Snad to byla lidská náchylnost jednoho tvora stejného druhu ke druhému, snad jen prostě únava a snaha si chvíli, hlavně psychicky, odpočinout. Fakt je, že když si vedle toho těla lehal, bylo mu dočista jedno, že se na něj (na ně) upřeně dívá černý kocour, že jsou nad nimi citrónová, kyselá acidózní mračna a že na obzoru není živáčka. Že se šourá pouští a že nejspíš brzy zahyne.

Pravda, moc věcí ho v té chvíli netrápilo. Dokonce si mechanicky vzpomněl na další z Čísel: "S matkou ani otcem nebudeš lehat ani když lehají oni s tebou." Jak pertinentní! zasmál se. Nebo impertinentní? Šedavé ticho vyvolávalo přízračné vakuum - jako všudypřítomná černá díra do které vše neviditelně padá, ve které se mísí obsahy veškeré pozemské matérie aby splynuly v nekonečně malý amalgam neviditelnosti a byly tak pohlceny původní antihmotou - tím, odkud to vše přišlo. Co je virtuální realita když člověk žije ve snech? Co je sen, kde není života? Co je to co není kdyby mohlo být jak by mělo a nebylo nebytím v bytí ale bylo bytím v nebytí? Čísla - všechno jsou jen čísla, blesklo mu, když ji objímal, když ji sundával ramínko šatů, když přivíral oči, aby zapomněl...

Zapomněl na co? Všechno byla pouhá slova - fráze, které se batolí kolem a bez ustání dráždí, řvou, rvou se a rýpají, dál a dál. Každý kamínek, každé zrnko písku, každé stéblo trávy, která nikdy nevyrostla... Proč? Na některé odpovědi nejsou otázky. Zrovna tak i tahle otázka, která jakoby padala na napůl mrtvé stvoření o osmi končetinách a dvou hlavách sdělující si navzájem i když jednostranně radost i bolest světa, který už přestal existovat - zrovna tak i tahle otázka, která ho napadla už před lety, už tenkrát když mu hlavou rezonoval chladný a nezajímavý hlas jeho matky... "Teď běž!" ...když šel a šel, když odešel pryč, dezertér života kopulující se smrtí - zrovna tak i tahle otázka neměla odpověď, protože sama byla odpovědí. Zaváněla spáleným polem a nenasytným vědomím. Zaváněla lidskou pýchou a drzostí. Byl z ní cítit puch nespokojenosti a závisti, pocit chladu a ublížení, které i když nikdy nebylo tak vlastně je, protože jakmile se člověk jednou zeptá, musí si odpovědět. Jakmile se jednou zeptá a čeká odpověď na svou otázku, otázku patřící jen a pouze jemu samému a nikomu, nikomu na světě, nikdy nikomu jinému - a ví, že neví, že nezná... Tak dozajista propadne panice, neboť spatří, že nesmrtelnost si lebedí na klíně smrti, že láska si podává ruce s nenávistí, že Bůh se spolčí s ďáblem. Bůh, který není. Láska, která je pouhou iluzí. Nesmrtelnost, kterou měří člověk na hodinách. Nesmrtelnost...

"Nesmrtelnost - Pcha!" zašklebil se úlevou i strastí zároveň a rozdělil své pouto s ní. Převalil se na záda, oči stále zavřené a cítil na sobě něčí pohled. Nevěděl čí, ale pak mu to došlo. Kocour mu byl celou tu dobu v patách - sledoval každý jeho pohyb, zíral na něj svýma zrcadlovýma očima, svou skelně zrádnou duší a chvěl se zimou.

"Poď..." šeptl směrem k němu. "Na čiči, ná," nastavil dlaň, ale věděl co kocour udělá. Taky to udělal. "Co ode mně skáčeš ty mrcho prašivá!" vynadal mu polohlasem, stále se snahou ho dosáhnout po dobrém. Stále doufal, že ho přemluví, že k němu přijde sám a pak - . "Víš, možná jsme jediní dva na téhle prašivé Zemi, co to nedostalo," řekl a pošoupl se k němu blíž. "Možná, že jen my dva, nějakým zapříčiněním vyšší moci jsme to nekoupili. Taky sis musel prožít svoje, já vím, ale po tomhle tě holt kamaráde budu muset zabít. Tohle se nedělá. Měl jsi už dávno zmizet, měl si se otočit a zdrhat - dokud byl čas. Tohle sis ale zavařil sám," řekl poněkud ležérně s předstíranou monotónností, nahrbil se a - minul. Už cítil jako ho drží, ale v poslední chvíli mu proskočil rukama a odběhl opodál. Promarnil svou šanci. Teď už tu zatracenou kočku nepřekecá. Co bude dělat? Hodil by si provaz - kdyby nějaký měl. A kdyby bylo na čem. Opět se zasmál. Uvědomil si, dočista paradoxně, jak často se směje - víc, než kdykoli před tím v životě. Víc a radostněji. Potěšilo ho to. Být v takové situaci a ještě mít sílu se smát... To už je něco.

Zrovna v tu chvíli mu ale došlo co se stalo a popadl ho zvláštní amok sebe nenávisti. Ohlédl se na tělo. Klesl do písku - vlastně to byla spíš hlína z různých odrůd kovů a roztroušený rozprášený stavební materiál a elektronika - a začal přemýšlet o tom, co by měl udělat dál. Musí si stanovit cíl, nebo cíle, a za těmi jít. Jinak tam rovnou může zůstat ležet s ní, s tou ochablou mrtvolou, a čekat na smrt.

Čas utíkal kolem, chvíli se plížil a po chvíli zmizel docela. Snad do páté dimenze, do dimenze zakřivení, snad do dimenze která ještě nebyla objevená. Možná, že čas zmizel, že není. Jak by to poznal? Jak člověk pozná, že není čas? Ale čas vždycky bude, nebo ne? Ne tak docela, sám si odpověděl, protože čas vymyslel člověk. Ale člověk nevymyslel čas, pokračoval v protiargumentaci, člověk ho pouze objevil, jako všechno co bylo, je a - snad i bude. Povzdechl si.

Ležel bez hnutí. Možná uběhly minuty, možná hodiny. Snad to byl už den nebo dva, když se pokusil vstát a z ohromením zjistil, že je tak slabý, že se nemůže ani pohnout. Rozdýchal se, pozatínal postupně svaly celého těla a vzepjal se ze všech sil.

Najednou si uvědomil, že celou tu dobu dočista nic nesnědl. Nejspíš se mu stáhl žaludek tak, že hlad necítil, ale slabost tu byla. Když se vzchopil na všechny čtyři, zatočila se mu hlava a zatmělo před očima. Pět, možná šest sekund jen tak spočíval a čekal, že každou chvíli omdlí.

Nic.

Otevřel oči. Před ním, vlastně přímo naproti němu, stál v naprosto dokonalé poloze černý kocour, ježil se a jakoby se chystal k útoku. Téměř se ho lekl. Chce ho zabít? Možná ho chce dostat... Představil si, jak ho požírá tahle pitomá, natvrdlá kočka a udělalo se mu znovu špatně. Podíval se kocourovi přímo do očí. Zdálo se, že má místo očí lesklá sklíčka, která nepropustí dovnitř ani nitku, ani slzu, ani kapku touhy, beznaděje či přesvědčení, kterou by k němu náhodou zahnal pouštní větřík - kdyby tam nějaký byl. Náhodou. Náhodou...

Adam se pousmál, ale okamžitě zkřivil pusu bolestí. Jak měl suché rty, na několika místech se mu roztrhly a vytryskla z nich krev. Krev byla dobrá. Krev je dobrá. Krev znamená život. Byl v něm život. Oči se mu podlily krví. Zamrkal podivným přetlakem, nebo snad bolestí, a v největším náporu rozhodnutí, touhy a beznaděje se instinktivně vymrštil po kocourovi.

Když ne teď, tak nikdy! projelo mu hlavou.

Slova

Úsměv do kamery. Radost. Bolest. Smutek. Ne, nelze číst z obrazovky, z chladu transmitorů a mikroportů. Snad ho měla ráda. A když ne... Nevadí, řekl si. Ale vadilo mu to. Nejistota mu vždycky vadila. Měl už věk na to, aby měl vážný vztah, nebo svazek, jak se říkalo, ale nebylo kde někoho potkat. Až ukončíš vzdělání... říkával mu táta. Ale táta byl věčně pryč a jeho problémy s ním. Jeho problémy na Adamovu hlavu! Copak není to nejdůležitější v životě založit rodinu?

"To víš, že je," odpověděla mu matka bez váhání, "ale všechno má svůj čas."

"Hmm..." Čas byl asi jediný důvod pro nemožnost splnění všech jeho přání. Nenáviděl čas. "Ale čas děláme my," odsekl a zakousl se do snídaňového balíku želé a aminokyselin. "Čas určuje člověk," řekl s přesvědčením starého filosofa, který zcestoval půl vesmíru a zná odpovědi na všechny otázky.

"O tom s tebou nebudu polemizovat. Prostě se zatím připrav na to co máš a dělej co máš. Musíš se držet pravidel. Musíš si uvědomit, že ať děláš cokoli - "

Vypustil zbytek. Nebylo důležité co řekla matka, důležité bylo co řekla Ona. Představoval si ji, co asi dělá, co má na sobě a o čem se baví s kamarádkou. Měl obrovské a nepřekonatelné nutkání se napojit na jejich DCS a intercom ale bylo pravidlo, že pokud by ho vytrejsovala, pokud by po něm v paměti zůstala nějaká buněčná stopa, Barnea už by s ním nikdy nic neměla.

Zdálo se, že pravidla jsou za vším. Nemohl si určit co v kolik hodin bude dělat - ráno vstal a už měl denní program před sebou. Pravda, mohl ho prokonzultovat s protokolářem, ale na co se ptát počítače, kterému není vidět do zásuvky. Kdyby to šlo, tak ho vypne. Na druhou stranu uznával, že mu to šetří čas. Byla to pro něj sice jenom slova, ale i ta slova byla potřeba - 8.00 všeobecného času ODCHOD, 8.10 spuštění startéru, 8.12 pracovní zařazení, 8.15:30 zahájení procesu... atd. atd. Slova, která zaplňují prostor. Prostor, který není a nebude. Nebytí, které je všude kolem. Všude kolem, kde je on a ona. Ona, která neví, že -

"Adam," navázal na dotaz intercomu.

"Ahoj," ozval se její sladký hlas. V tu chvíli mu přišel to nejsladší na světě, to nejtajuplnější ve vesmíru, eluzivnější než mrak, nepochopitelnější než dvě století starý počítač. "Tady Barnea."

"Ahoj Barni, jak jdou obvody?" zeptal se s rádoby nepředstíraným zájmem. "Zrovna jsem na tebe myslel," ušklíbl se. Byla to pravda.

"Hele, nemáš ten výpočet zakřivení na zítra, že ne? Lea má dneska párty a nebudu mít na to čas..."

Hned si neuvědomil o co kráčí.

"No nic, jestli to nemáš, zkusím to jinde. Jen mě napadlo - "

"No, stejně to musím udělat, ne?"

"Bezva."

Čekal návrh. Nebo pozvání. Nebo alespoň poděkování.

"Hele tak já už musím letět. Se měj a zatím." Zmizela. Snad měla opravdu na spěch. Snad jí bylo trapně. Proč? Netušila. Adam byl jeden z těch normálnějších, mohla-li to tak nazvat, a bylo jí líto, že mezi nimi není něco víc, nějaký vřelejší a otevřenější vztah. Ale doba byla těžká a nesnadná. Ostatně rodiče jí už dávno vybrali z banky ideální spermatogen, takže i kdyby chtěla tak si nemohla dovolit se nějak vázat nebo jinde kontaktovat na hlubší úrovni. Napřed musí splnit povinnosti. A ještě napřed půjde na párty...

Aniž by to tušili, mysleli Adam i Barnea na totéž a právě ve chvíli, kdy chtěla obnovit spojení objevil se na obrazovce Adam. Skoro se lekli jeden druhého. V zápětí vybuchli smíchem.

"Já jen - "

"Jo, tak přiď," řekla bez rozmyšlení. "Je to v 8,22 na B.T.34. Akorát si zadej áčko 22 protože B.Téčko je ještě jedno na jihu a tohle je to na severu - ať přijedeš včas, O.K.?"

"Jasně!" povyskočil Adam. "To je všechno?"

"Tak zatím - " řekla téměř svůdně a zmizela.

Adam opět osaměl, ale zdaleka se sám už necítil. Spíš naopak - měl dojem jakoby ho někdo pozoroval. Otočil se a - no jistě - ve vchodu stála jeho sestra a poslouchala. To ho vytočilo. Nic neřekl a prošel jako vítr kolem ní.

"Ale - to je ňáká nová, co?" rýpla si.

Dělal, že ji nevnímá. Nechtěl si zkazit náladu. Cítil, že za jeho zády jde k systému a zapíná zpětný záznam. "No né, už ji máme v paměti..." usmála se škodolibě. "Ty vlasy to je GéEmko nebo si je barví?"

"Tak se už narodila, víš!" odsekl jí. Otočil se svižnou chůzí k přešel místnost. "Někdo nepotřebuje ani genetickou modulaci aby vypadal dobře," řekl když vypínal systém.

"Ha-ha-ha!" prý dobře. "Kdes nechal oči?" vyštěkla.

"Víš co? Teď na ty tvoje scéničky nemám čas," řekl napůl sarkasticky napůl přísně a odvrátil se od ní. "Jo, a mámě vyřiď, že dnes přijdu poděj," prohlásil s nepředstíranou důležitostí a chtěl odejít když ho chytil její hlas.

"Klidně jí to řekni sám. Je dole," provokativně se usmála. "Určitě bude ráda. Zejména když máš na zítra dělat tu matiku..."

"Takže si přece poslouchala. No, bravo ségra! Třeba nebudeš muset jednou dělat uklizečku ale spojovatelku na FBI." Cítil, že se naštvala a nemá protiargument.

"No, zato ty s těma pokusama. Ještě dneska mluví půlka města o tom jak malej Adam s ještě menším Tomem vypálili rybník - doslova a do písmene. ´Rodiče má na Měsíci, malou bombu pod čepicí...´ - jak se to zpívá?" provokativně rozhodila rukama.

"No ty bys to nezazpívala ani po deseti letech tréninku..." Vysmál se jí, ale dobře mu při tom nebylo. Hlavou mu projelo všechno co se tenkrát stalo: všechna ta dřina, ty propočty a pokusy a nakonec... Ale cítil se dobře. Cítil se jako vítěz ať si každý myslí co chce. Pravda, rodiče ho naštvali - že nestáli za ním - ale s tím se musí počítat. Nikdo za vámi nestojí, když vy stojíte tak říkajíc proti všem. Jestli chce stát proti všem?

Stál naproti sestře a díval se jí do očí. Byly jiné, než oči Barneiny ale neméně hezké a záhadné. Nikdy se na ni takhle nepodíval a pochopitelně si toho všimla. Nemohl udělat nic aniž by si toho všimla.

"Co vejráš?" vyjela po něm.

"Nechme toho," řekl a otočil se. Najednou v něm bylo něco víc než jen ušlápnutý brácha. I když mu znatelně shodila sebevědomí připomínkou té nehody, tak přece jenom cítil, že by ji měl usměrnit, že by on měl být něco jako stabilizační prvek jejich vztahu.

Ale víc neřekl. Prostě odešel a cokoli ona chrlila na něj šlo naprosto mimo - vyšel rovnou ven, u východu jí málem zašlápl jejího malého klonovaného Mourka s modrýma očima a růžovými chlupy až na zem, sedl do auta a nastavil údaje na monitoru. Pak se složil do křesla a poslouchal jak tiše pracuje vzduchotechnika. Když se počítač zeptal na pozadí, navolil nulu a koukal do blba. Představoval si vedle sebe Barneu a jak ji drží za ruku...

"Kam jedeš?" ozvalo se z monitoru. Máti. Najde ho všude. Ta prašivka jí to řekla. Chvíli neodpovídal, dělal jakože neslyší. Když už to dál nešlo tak ji na sebe pustil. "Tos nemohl odpovědět dřív?"

"Něco s tím šmejdem je," řekl naštvaně. "Nějak se zasekl spínač nebo co. Zlobí to - asi by to chtělo - "

"Ptala jsem se kam jedeš?" přerušila ho.

"Haló? Neslyším..." úmyslně přepnul na ruční ladění a vyzrnil obraz. "Haló?" Po chvíli ho vyladil zpátky.

"Musím to nechat spravit," ozval se hlas z prázdnoty. Pak se znovu objevila. Věděl, že kdyby si s ní hrál déle tak by to poznala a nakonec by to schytal ještě víc...

"Ahoj mami," řekl servilně. "Jedu za Barčou, víš, kvůli matice."

"To to nešlo vyřešit po netu? Zrovna dnes jsem s tebou chtěla mluvit."

"Nešlo. Máme tam takovou malou schůzi, takové posezení. Máme ve třídě nového žáka. Kurakikumozo se jmenuje a tak ho chceme tak trochu zasvětit do pravidel hry," řekl i když to nebyla úplná pravda. Kurakikumozo tam pravděpodobně vůbec nebude a i kdyby byl tak by tak nanejvýš seděl v rohu se zapnutým překladačem a připitoměle se smál. No a co, malá bílá lež...

"To je ten úkol z minula?"

"No," zaváhal. Netušil už co jí navykládal minule a tak se musel vyjádřit dostatečně neutrálně. "jistěže ne, ten už mám dávno v kapse. Tohle je mnohem těžší a Kurakikumozův táta je prostorový inženýr vakua, což se hodí, protože i on po něm zná různé fígle. Docela se těším," řekl nakonec a věděl, že když tohle dodá tak ho máma nechá být. Trošku na to hřešil. No a co? Tak, a ať je ségra celá vzteky bez sebe! Uchechtl se ve chvíli kdy se máma vytrácela z obrazovky. Doufal, že to nezpozorovala. Určitě by si myslela že on si myslí že na ni vyzrál. Každý si něco myslí, pomyslel si, i když to opravdové myšlení dělají počítače.

Zbytek cesty si užíval klidu a pohody. Koukal nad sebe, ale nic neviděl. Jeho zrak se rozplýval a pronikal molekulami těch nejčistších purifovaných vystýlek vzhůru, dál a dál, až narazil na stratosféru, až-opustil-vzduch-a-zaposlouchal-se-do-klidu-vesmírné-symfonie-uhnul-

Sarah Patricia Condor

měsíci-a-letěl-směrem-od-slunce-Míjel-planety-jednu-za-druhou-stovky,tisíce,miliony-meteoritů,žádný-ho-netrefil-jakoby-se-mu-vyhýbaly-čím-více-jim-oponoval-čím-více-na-ně-dorážel-tím-byly-subtilnější-a-tím-více-se-rozplývaly-mizely-kolem-něj-anebo-se-zmenšovaly-dokud-pro-něj-nebyly-žádnou-hrozbou... avšimlsiřesezvětšujeavypadáhrozitanskyobrov
skyjakojedenvelkymikr-očipnebocelymotherboardsta-rehocomputeruzlet
davnominulychažepokudsenezastavizačne-polykatplanetykolemahvězdy-asupernovyavšechnoostatniživeineživeje-nabypřežilprotožezakon
vesmirujeprezitaneptatsepročnačja-kkdykdeanizakolikatakpolik-acernediryadechsemukratiachylike-koncicozondobrevialezmenittovub
ecneu-minemasiluarozpinasesvesmiremavzpominaarozpi-naavzpomina
arozpinaazijeanezijeazijeanejieapodlamujisemukolenaalenemakamspad
noutakolnaklesajíaklesajídálažpronik-nousamotnýmvakuemaomdliva-a
krisiardousisesisesisesísesímisesímisesí-sí-a-odchází a možná má pravdu
vtomžebuhjeane-nivnasavsudekolemdokolakolemkolemabumb-ácavesmí
rsekončívelkýmtřeskemažádno-ubásnickouformacíprobudoucíneandrtálc
e a - - - - - - - - - - - - :

"Destinace dosaženo! Můžete vystoupit." Metalový hlas zavibroval prostorem. Proč to neudělají příjemnější? napadlo ho protože věděl, že to možné bylo. Sám to vyzkoušel na dvou strojích a šlo jen o malé změny.

Hned jak vystoupil stál na pohyblivém chodníku, který ho dovedl přímo k místu, kde měla být party. Poznal Lexe, Aarona a Bashama, ale bylo tam i spousta cizích lidí. Barneu neviděl a tak si zatím jenom dal drink a postával v rohu pozoroval jak se všichni nevázaně veselí. Vlastně jakoby tam ani nebyl. Po vzduchovém gauči se válel nějaký necuda se dvěma rádoby pilotkami a za nimi si v hloučku něco vykládalo pár dívek, které povětšinou neznal. Hrála Vesmírná odysea od Krekpotů ale bylo to tak hlasité, že si kolem hlavy musel vyregulovat frekvence. Pootočil spínač v kapse. Mikrocomputer to tak tak zvládal. Moc na rád na tyhle partičky nechodil, ale pokaždé se seznámil s někým zajímavým a to ho vcelku uspokojilo.

Tentokrát neměl náladu do řeči. Hlavou mu probíhal rozhovor s matkou a necítil se zrovna nejlépe. Neměl jí lhát. Vlastně přímo nelhal. Ale stejně, nebylo správné předstírat. "Když ona si o to sama říká," řekl pobouřeně a usrkl ze sklenice.

"Cože?" projelo k němu.

"Co co?" chvíli trvalo, než se zorientoval. Stála před ním zhruba stejně stará dívka v mírně podnapilém stavu.

"Kdo co říká?" opakovala.

38

"Ale nikdo, to já jen tak pro sebe," odpověděl rezervovaně. Teď ho bude chtít sbalit... "Jakto, že máš mou frekvenci?"

"No, všimla sem si tě hned jak si vešel," řekla a v rychlosti sebrala z projíždějícího robota dvě sklenice nazelenalého nápoje. "Tohle se pěstuje až na Marsu," usmála se na něj. "Znáš to?"

"No, chutná to jako normální - "

Nenechala ho domluvit. "Říkají tomu zelený Martani. Ještě je bílý a žlutý, ale zelený je nejlepší. Je to pěkně drahý pití," řekla a notně si přihla. "Co ty? Si dej, ne?"

"No, já mám ještě tohle," pozdvihl svou sklenici červené limonády.

"Fuj, co je to za břečku?"

"Náhodou je to docela dobré pití." Nic nevysvětloval. Věděl, že ona ví o čem je řeč. Červená Kaloka byla monopolní značkou. Jejich společnost si koupila tři státy a byla hlavním vývozcem na Měsíc. Bylo to zatraceně dobré pití a zatraceně dobrý byznis.

"Jo, vážně?" zamrkala napůl vážně. "Dej mi trochu." Podal jí sklenici. Usrkla z ní a v zápětí vyprskla. "Tak tohle že je pití? Hele Lix, tomuhle říká pití⌧!" podala sklenici nezvykle malé dívce, kterou Adam občas vídal ve škole. Nic o ní nevěděl, ale byla mu sympatická. Vlastně se ani neznali.

Lix se zasmála, pohlédla na Adama, potom na svou kamarádku a s mírným přídechem náklonnosti pronesla: "No, není to zas tak zlý. Já to taky někdy piju." Nato se ještě stihla zašklebit na Adama a zmizela v růžové dýmovnici, kterou někdo právě hodil ke stropu.

"Promiň, ale nějak mi teď není nejlíp. Asi si odskočím," řekl Adam a prodral se směrem k toaletám. Bylo tam nezvykle čisto. Celkově už na první pohled působil ten dům uhlazeně a čistě, což by mu jistě bylo sympatické, ale za jiných okolností. Takhle mu to přišlo spíš strojené, předstírané a falešné. Faleš, to bylo sto slovo. Zamyslel se na chvíli. Nechal si ozónem čistit ruce a obličej. Vychutnával si příjemnou vůni levandule, která se mísila s nasládlým pachem klimatizace a začínalo se mu chtít spát. Vyšel ven a opatrně se rozhlédl.

Konečně spatřil Barneu. Nenápadně se prodral k rohu s barem tak aby ho co nejdříve zahlédla. Stála a bavila se s nějakým mladíkem, který k němu byl zády. Uspokojil ho pohled na její sklenici - pila totéž co on. Chvíli si ji s požitkem prohlížel. Požitek měl především z toho, že ona neviděla jeho - i když člověk si nikdy nemohl být jistý kdo ho sleduje a zaznamenává. Pak jí někdo pošle záznam, jenom tak, ze zlomyslnosti a - . A třeba by tam mohl i něco vyretušovat a něco přidat. Jen to ne! Raději jí dá vědět on.

Chvíli trvalo, než se rozhodl. Naladil se na její frekvenci, vydechl, nadechl a - pomalu přešel kolem tak, aby si ho nemohla nevšimnout. Poté k ní upustil pohledi a jejich oči se setkaly. Ani se nemuseli zdravit. Nemuseli si nic povídat. Všechno bylo v tom pohledu. A o pět minut později... Přiblížila se k němu. Cítil její dech. Vdechoval ho jako pacient na operačním sále. Přivřel oči. Vše mu na chvíli bylo těsné - stísněný prostor, dveře, červené světlo, stůl o který se opíral. Zamkli se? Měl strach. Strach a očekávání. Něco šeptla. Jejich rty se setkaly. Úplně zavřel oči. Teprve pak se uvolnil. Nahmatal vypínač a zhasl i ten poslední slaboučký reyon. Cítil jak mu spadávají kalhoty a nedokázal udělat nic, dočista nic.

Napadlo ho, že takhle se lidé milovali po celá staletí, že žádná nová doba, žádná civilizace to nemůže vymítit. Věděl, že vše je otázkou zkumavek a genů a čipů a technologií. Ale instinkty se technologiím vzpíraly. Instinkty se vzpíraly všemu. Nečekal, že až jako dospělý, v těsné komůrce na párty, v cizím domě, obklopen tmou a nicotou, pozná o čem je život. Nečekal to tak náhle. Vlastně nevěděl, jestli to vůbec čekal.

Tmu pohltilo slunce. Mohli být na Marsu, na severním pólu nebo prostě viset v chladném prostoru vesmíru, prostoru, který ví a který rozumí - v harmonii ticha a vibrací, které nejsou vidět ani slyšet - pouze cítit: kdesi uvnitř, kam ještě nikdy lidské oko nedohlédlo a nedohlédne, žádným mikroskopem, computerem, žádnými paprsky, ultrazvuky či lasery. Cítil jak se celé jeho tělo rozpadá v prostoru na jednotlivé molekuly, buňky, jak krevní destičky plují ve vzduchoprázdnu a mísí se s hmotou dočista jinou, která je přitahuje jako záporný pól přitahuje kladný, jako poušť přitahuje slunce, jako voda přitahuje rybu, jako vítr přitahuje ptáka. Vítr, který vždy přináší něco nového, který není i když je, který klame i splňuje nejtajnější přání. Fata morgana lidské existence. Lidstvo, kde jsi nechalo svůj vítr?!

Intermezzo

"Adame, já jsem Tvé druhé já, jsem pouhé médium, fluidum, které není vidět. Avšak má moc je veliká. Nemohu Ti nijak pomoci, nemohu zařídit, abys byl co nejsi a nebyl co jsi. Nemohu ani změnit Tvůj osud. Vím vše a nevím nic. Jsem i nejsem. Jsem čtyři stěny, které Tě tenkrát s Barneou obklopovaly. Jsem tráva na které jsi ležel s Tomem. Jsem vše kde budeš a co se Ti má stát. Jsem vítr, který jsi ještě nepoznal.

To stačí. Dost. Teď je řada na Tobě. Mohl bys našim čtenářům a posluchačům říct to, co chtějí slyšet, tedy jaké to je být kde jsi a dělat co děláš? Jaké je dvacáté třetí století? Jaká bude jejich budoucnost?"

"Na to je obtížné odpovědět. Nevím totiž, jaká byla jejich minulost, teda má minulost."

"Vždyť jsi četl dějiny, máš implantován datačip takže víš všechno do podrobností..."

"Ale data nejsou život. Ano, jistě, vím co se kdy událo, ale nač je to dobré?"

"Je dobré vědět, kde jsme byli, abychom se nedostali opět na ta stejná místa..."

"A když se na ně dostaneme?"

"S největší pravděpodobností - skončíme stejně jako tenkrát..."

"Takže když bychom se dostali znovu do bodu, řekněme internacionální roztržky v půlce minulého století, kdy pozemšťani embargovali Araby na měsíci, tak by vše dopadlo stejně?"

"Stejně jako kdybychom se dostali o pár století - z Tvé doby - zpátky a čelili hrozbě světové války..."

"Ale s vědomostmi, které máme - "

"Vědomosti jsou produktem prostředí. Prostředí je produktem člověka a člověk je člověk."

"Člověk se mění."

"Někdy. Nikdy ale zásadně. To jsou geny."

"Geny jsou svinstvo."

"To Ti jistě čtenář dá za pravdu, ale obraťme pozornost k Tobě samému. Jak prožíváš svoji dobu?"

"To je hloupá otázka. Jak se dá."

"Jsi nešťastný?"

"Ne nijak zvlášť."

"Jsi šťastný?"

"Co je to štěstí?"

"Dobře, nechme toho. Jaký je Tvůj životní cíl?"

"Můj cíl... Chci udělat něco pro lidstvo. Něco velkého a krásného. Něco, co lidi potěší ale jim i pomůže. Chci aby si mě pamatovali jako někoho, kdo přestože žil v době, kdy láska nebyla v módě, kdy byla prakticky postavená mimo zákon, dokázal milovat a dávat lásku. Protože to je to nejdůležitější."

"Proč je láska mimo zákon?"

"Protože nemá pravidla. Protože je neproduktivní. Protože nemá cenu."

"Musí mít cenu?"

"Všechno má svou cenu. Věřím, že i láska, ale protože ji nelze vykalkulovat, je to podvratný element. Společnost vyžaduje tradici. Tradice je důležitá a nesmí být ničím narušena. Jakmile se naruší tradice, celá společnost, všichni lidé budou trpět. To nás učili už jako malé. A myslím, že je na tom dost pravdy. Svým způsobem to chápu. Lidé se odvracejí jeden od druhého, aby zachovali druh, aby zachovali společnost, protože jakkoli je společnost rovněž produktem přirozené reprodukce, když je devadesát procent mužů neschopných reprodukce, bylo by nefér, kdyby zbývajících deset toho využívalo k prospěchu vlastní genetické informace.

"Aha, takže sex za účelem rozmnožování neexistuje?"

"Prakticky ne."

"A když se to stane?"

"Člověk je souzen za poškozování společnosti. Většinou dostává nápravnou skupinu na Marsu, kde se žije odděleně, pracuje ve sklenících a je to pěkná dřina. Ale takových případů moc není, protože si lidé dávají pozor."

"A Ty s tím souhlasíš?"

"To není otázka souhlasu."

"A čeho tedy?"

"Přežití."

"Víš, že v minulosti to bylo přesně naopak?"

"Všichni to ví."

"A přesto?"

"Jistěže. To už zde padlo - protože je člověk a člověk. Nemohu souhlasit s tím, že člověk se nemění nebo že mění prostředí. Prostředí mění člověka."

"Byla dřiv slepice nebo vejce?"

"To je nějaká mytologie?"

"Ne, mytologie už pár století neexistuje."

"Tak co teda?"

"Jen takový vtip."

"Hmm..."

"Takže jsi produktem prostředí..."

"Samozřejmě. Když třeba nemůžu vyjít ven kvůli znečištění, než abych chodil s kyslíkem a koukal na fialovějící trávu a smogovou záclonu nad městem, zůstanu doma a zapnu si nějakou virtuální hru."

"Není to ztráta času?"

"Není. Člověk se tím hodně naučí - sám o sobě i o ostatních. Většina her je konstruována jako interaktivní soutěže mezi účastníky sítě, takže je to zábava i poučení zároveň. Podobně se pořádají některé večírky a party, ale to mě tolik nebere."

"Myslím, že čtenář by o Tvém světě rád věděl něco víc?"

"No, to je jednoduché. Geograficky existuje několik zón, které jsou založeny na ekonomické kooperaci. Ekonomika je za vším. To ale neznamená, že neexistují rozpory a tak. Myslím, že svět se nikdy nesjednotí, protože lidé jsou různí. Jednotnou kulturu nebo tradici nelze vytvořit."

"Proč?"

"Protože za vším je individualismus a ekonomické zájmy."

"Co kolektivizace a socialismus?"

"Dobrá idea, ale nikdo ji nikdy nevyzkouší, protože jsou mu vlastní zájmy přednější."

"Kolik je na Zemi lidí?"

"Asi třicet miliard. Asi tři miliardy jsou na Měsíci a asi půl miliardy na Marsu. Další půl miliarda někde létá po oběžné dráze nebo cestuje vesmírem."

"Jaká je nejvyšší cestovní rychlost?"

"To nevím."

"Dosáhli jste rychlosti světla?"

"Od objevení teorie absolutna se o to nikdo nestará."

"Teorie absolutna?"

"Ano, teorie, která říká, že zakřivení, rychlost světla a štěpivost částic mají své absolutní limitní hodnoty."

"Jaké to má důsledky."

"Že v praxi se vše rozpadne když se limitní hodnota poruší. To je řečeno laicky a jednoduše, ale bylo to dokázáno. Tenkrát s Tomem jsme si mysleli, že přicházíme na veliký objev právě proto, že ta naše bomba měla porušit všechny tři hodnoty. Hlavně měla štěpit prostor."

"Štěpit prostor?"

"Ano, v páté dimenzi lze štěpit prostor. Je to možné pouze pozorovat, nikoli se toho účastnit, ale i tak je to zábava."

"Něco jako to, co jsi tenkrát prožil s Barneou."

- -

"Promiň."

"To nic, jenom jsem se zamyslel."

"Kolik je Ti teď roků?"

"Dvacet devět."

"Kolika se průměrně člověk dožívá?"

"To je různé. Když žijete ve městě, máte maličko horší perspektivu, ale zase jsou tu dostupné všechny lékařské prostředky a přístroje. Všechno závisí na tom, kolik si platíte pojištění."

"To je myslím fér."

"Fér to je, ale jsou lidé, kteří na to nemají."

"Co ti?"

"Většinou se dožívají menšího věku."

"To je?"

"Okolo osmdesáti."

"A normálně?"

"Normálně sto až sto deset."

"To není zase tolik."

"Je to dost na to aby nás bylo třicet miliard. A i tak je to dost. Myslím..."

"Nejspíš ano."

"Pijí se nápoje s nejrůznějšími drogami, které usnadňují lidem život."

"Jako Lix?"

"Myslím, že Lix tam nic neměla, ale nedivil bych se."

"Co obchod s drogami?"

"Ten byl legalizován. To už je dlouho. Důsledek? Vznikl nadnárodní kartel a lidi si začali myslet, že je to zdravé."

"A?"

"Určitě to pomáhá psychicky."

"Takže to schvaluješ?"

"Tuhle otázku vynechám. To je všechno?"

"No, jestli už nám nechceš nic říct..."

"Ne."

"Díky za rozhovor."

"Naschle."

Pochopitelně minul. Sesunul se s žuchnutím k zemi. Připadal si jako pytel shnilých, naklíčených brambor.

Přemýšlel... vztek... hlad... mrtvola.... rozčtvrtit? Není čím. Odříznout žíly a vypít krev...

Josh

Pochopitelně minul - pochopitelně, ale přesto neočekávaně. Jak mohl on, zástupce druhu o tolik silnějšího, pokročilejšího a nekonečně vševědoucího být přelstěn nějakým podřadným čtyřnohým tvorečkem jehož shluk neuronů v mozku nebyl větší než průměrná kalkulačka. Ale i kalkulačka někdy počítá pěkně rychle...

Ležel na zemi a těžce oddechoval. Všiml si, že na pravém předloktí mu odchází kůže a dva prsty pravé ruky mírně fialoví. Přemýšlel čím to asi může být ale nepřišel na nic. Nejspíš následek toho šoku. Ne, ne - rozpad částic tohle nepůsobí. Kocour se pohodlně šklebil opodál. Jak to, že tomu nic nebylo? Vykřikl na něj, ale i když se zdálo, že zpozorněl, tak se výraz v jeho očích nezměnil ani o odstín. Ocelová šeď pohlcovala vše kolem. Dvě malé černé díry se vysmívaly svému okolí. "Proč" nebyla otázka, ale odpověď.

Adam se váhavě otočil, snad aby zjistil jestli se mu to nezdálo, ale když spatřil její tělo tak opět zaryl oči do rudavě písčité hlíny nicoty. V tu chvíli si přál nebýt, snad poprvé v životě si přál, aby to byl on, kdo (nebo co?) není. Krásný pocit - nebýt... napadlo ho. Jemně se pousmál. Neměl více sil, ale byl si plně vědom, plně při smyslech, že kdyby to zvíře obětoval, tak by uspokojil nenasytnost velkého Boha a snad potom, potom snad, by znovu vyšlo slunce.

Smál se sám sobě. Věděl vše o jaderné syntéze i o štěpení jádra za ultranízkých teplot. Viděl jak uhlíky požírají samy sebe. Věděl, co bude následovat - to co před čtyřmi miliardami let na Marsu. Věděl, že šance je mizivá, že nikdo nedokáže přesně odhadnout, nemluvě o počítání, kolik zbylo ještě vápence a kolik je v něm zakletého oxidu uhličitého. Chemické rovnice mu běhaly hlavou jako malé bílé myšky hledající cestu za kouskem sýra. Sýra, který není. Protože není kdo by ho nastražil. Pasti jsou prázdné a neklapnou. Neklapnou.

Ještě měl naději. Rozhlédl se po okolí. Jen se vzepřel na oloupaných, mírně podlitých a zkrvavělých rukách, kocour uskočil o dva metry. Postupně si stoupl. Vydal přitom hodně úsilí, ale stál - jako král, jako pán tvorstva. Jako. A hleděl do dáli a hleděl kolem a najednou spatřil přesně to, co hledal - ze strany mírně přiostřený železný trám o délce asi jeden metr. Spíše to byl prut. Černý, z nerezavé nejmodernější slitiny, která vydrží jakýkoli nápor - žár, tlak, zakřivení... Dokonalost sama. Oči se mu rozzářily jak se k němu belhal. Pomalu se ohnul, zvedl si ho před oči a dlouho ho prohlížel - přejížděl po něm rukou tam a zpět, stavěl ho vodorovně i horizontálně, díval se na něj, hladil ho. Líbilo se mu držet v rukou pozůstatek civilizace, celou tu technologii inteligentních slitin a materiálů, nerozbitných, nepřekonatelně silných, odolných vůči všem přírodním živlům. Kromě člověka. Jenom On věděl jak ho zničit. Jenom tvůrce a otec mohl pohřbít své dítě.

Otočil se a začal kráčet zpátky. I když se notně ochladilo - to ty chemické reakce - tak mu už zdaleka nebyla zima. Měl v sobě nevysvětlitelnou, zvláštní energii. Jenom On mohl dobývat, stavět i ničit. On byl pánem tvorstva.

Došel až k ní, našel si tu správnou pozici - těsně za hlavou, tak aby se její oči dívaly jinam - a - . Nahnul se nad ni. Pomalu, s citem, jakoby uspával vlastní dítě jí přejel dlaní po tváři. Cítil její dlouhé řasy a jemnost její kůže. Oči. Oči, které už nic nevidí. Teď byl spokojený. Znovu se napřímil, zaujal původní pozici, pečlivě zamířil, rozmáchl se a ze všech sil udeřil.

Trefil se napoprvé. To se mu sice ulevilo, ale rána měla menší efekt, než si představoval. Jak tyč dopadala na její krk, koutkem oka si všiml černého kocoura jak s děsivým zavrčením uskakuje za jeho záda. Slyšel křupnutí obratlů a několika dalších kostí, které nedokázal přesně určit ani pojmenovat. Oči měl přivřené.

Kůže byla natržená, ale krev ještě pořádně netekla. Udeřil znovu, tentokrát menší silou ale o to rychleji a razantněji. Znovu a znovu. A - . Hlava stále visela u těla. Nakonec musel do těla trochu kopnout, aby se pootočilo, kůže se zkroutila a pak teprve dal poslední ránu.

Těžce oddechoval. Vyčerpáním se sesul k zemi. Klečel jakoby se modlil, ale pouze hleděl vzhůru k neprůzračným mračnům. S nechutí a vztekem odhodil tyč. Díval se na kocoura, jak cupitá k ní a očuchává ji. "Ty svinská kočko!" rozkřikl se a mrštil po něm kamenem. Kocour s vyjeknutím uskočil. V očích měl strach a hrůzu, ale Adam tam viděl víc - viděl tam i nekonečný chtíč a nenávist, snad i závist, nedokázal přesně určit co, ale cítil a věděl.

Jakmile si znatelně vydechnul, sklonil se k bezhlavé mrtvole a s nesmírným zaujetím ji pohladil - od prsou až po rozkrok a zpět - až tam, kde byl krk, kde končil krk a začínala krvavá propast. Smočil ruku v krvi, olíznul ji a znova zavřel oči. Připadal si jako vítěz. Vykonal svou povinnost.

Vzal bezvládnou hlavu za vlasy, vyšplhal se vzhůru a jak stál nad bezhlavým tělem, jednu ruku od krve, špinavý, zarostlý a sám, zvedl uťatou hlavu k nebi a zakřičel: "Tady ji máš! Tady máš, cos chtěl! Máš svou oběť! Vezmi si ji!" Křičel z plných plic. "Vezmi si ji a ukonči mé trápení!"

Chodil kolem těla, hlavu zvedal ke všem světovým stranám, otáčel se a hleděl do všech koutů světa, a křičel - a křičel - a křičel - . Dokud se úplně nevyčerpal. Poté padl k zemi a hlavou mu projelo, že třeba ten černý kocour je Bůh, že ho sleduje a chce vědět jak se zachová. Poohlédl se po něm a spatřil ho jak sedí, spokojeně přede a kouká se na něj. Byl jako obecenstvo, které čeká něco víc, které čeká, že nastražená zápletka dosáhne svého vyřešení, že započatý příběh někde skončí, někam vyústí... Pak teprve bude následovat potlesk.

Adam sesul hlavu do špinavé pískově zrnité hlíny. Cítil jak mu drobky písku a malé kamínky ulpívají na zkrvavených rtech, na tváři i na ruce. Vzepřel se na jedné ruce, rozmáchl se a hodil mrtvou hlavou po kocourovi.

Tentokrát neuskočil. Nebyl ani zaražen, ani překvapen. Musí to být Bůh - projelo Adamovi. Ano, je to Bůh.

Viděl, jak kocour olizuje zkrvavenou tvář a - zdálo se mu to??? - líbá rty, rty na mrtvé, bezvládné hlavě. Adamovi se zvedl žaludek. Na moment myslel, že se pozvrací, ale tak dlouho nic nejedl, že i kdyby to šlo - tak to nešlo. Namísto toho si klekl jako předtím, obrátil se ke kocourovi a sledoval ho. Poté se začal modlit. Ne jenom tak něco brblat nebo si vykládat nesmysly, ale opravdu modlit - tak jak se to kdysi naučil ve škole. Hleděl přitom na kocoura, který ho naprosto ignoroval. Slepě opakoval slova:

"Laskavost a odpuštění neboť mi sami si odpouštíme a jsme laskaví -

"Království vzkvétají kde je pokání a odpuštění -

"Odpouštíme si navždy aby i jiní si navždy mohli odpustit -

"Amen!

"Co přichází s mraky odejde s mraky -

"Oči vidí ale necítí a co necítíme to nevidíme -
"Prázdno je všude kolem a bude i nadále po věčnost -
"Amen!
"Jsme alfou i omegou vesmíru, vše co bylo a vše co bude -
"Budeme navždy a strachu nemáme neb jiní strachu mají -
"vyryjeme modlitbu do země a až se třináct církví a třináct mraků a
třináct nevidomých starců spojí, nový život vznikne -
"Amen!
"Nový život vznikne -
"Nový život -
"Nový - ...?"
Život vzniká a zaniká... Jak to je dál? Jak to je sakra dál? Dostával na
sebe vztek. Měl pocit, že to celé pokazil, že všechno mohlo dopadnout jinak.
Nevěděl jak, ale ten pocit tam byl - a to je přece to hlavní a nejdůležitější -
pocit: přesně jako to říká modlitba. Zdálo se mu to už být celá věčnost, ale
když si vybavil své školní dny tak to nebylo tak zrnité jak si původně myslel.
Některé scény dokonce viděl tak živě jako by se staly včera. Například tu
s Joshem. Od té doby na ni vůbec nemyslel, snažil se zapomenout, ale
prostě to měl někde v bance. No, nejspíš se s tím nedalo nic dělat. Chtěl se
deletovat na CPU ale ta dosáhla pouze tam, kde prorůstaly neurony. Bylo
to celé hrozně nedokonalé...

Josh byl sousedův papoušek. Měl laserovou voliéru s ultrazvukovou
mřížkou a mohl si létat po zahradě kamkoli chtěl. Často se na něj s
Tomem dívali ale nikdy o něm nemluvili. Až jednou je napadlo totéž -
chtěli přerušit UV a ultrazvuk a vypustit ho na svobodu. Vzali si kapesní
jednotky, propočítali to a když spojili obvody na chvíli se zdálo, že všechno
bude fungovat. Ale -

Možná ho ani nechtěli pustit, možná si ho chtěli jenom pohladit,
jenom cítit, jaký je, jestli-je hedvábný nebo to jsou šupiny a jestli ty barvy
jsou GM nebo pravé nebo obarvené a vůbec chtěli vědět víc a víc a víc a - .
Až nakonec vymysleli ten hrozný plán.

Bylo to odpoledne, kdy soused jezdil do Skiparku v umělých ledovcích
a děti chodívaly za město házet placáky do kyseliny. Adamovi rodiče byly
na výstavě a sestra - s tou byla vždycky potíž. No, ale abychom nepředbíhali.
Okukovali tu zahradu tak dlouho až si zosnovali plán jak Joshe přemístit
k nim samým. Změřili polaritu sítě, všechno pořádně připravili a - .
Když měli celou soustavu drátků a kontaktů s čipy připravenou, když
už zbývalo jenom to všechno zapojit, Adam omylem přepóloval a zrovna
koutkem oka zahlédl jak vchází Enola. Něco si pobrukovala a dozajista

byla ve frekvenci HB vysílání z jejich domácí stanice když ho uviděla a div nevykřikla. Zrovna když se totiž podívala, spatřila jak Josh prolétává okolo a jak z ničeho nic je z něho jenom světlý obrys, malý ale silný zážeh, jakoby indukovaný blesk, a pak - pár pírek spadlo k zemi a byl konec. Svoboda...

Adam prožil pocit uspokojení jako od té doby snad nikdy. Snad - snad až teď. Ale tenkrát to bylo jiné, bylo to poprvé a nevinně a pouze s dobrým úmyslem. Tušil, co se stane. Nechtěl přepólovat, to byla náhoda, ale byl rád, že se stala, protože jinak by Josh nikdy na svobodě nebyl. Snadno by ho chytili a střežili si ho ještě mnohem víc...

"Koukej," řekl Tom jakoby nic. V dlani držel malý plíšek a Adamovi bylo hned jasné o co jde.

"To je absolutně super!" téměř vykřikl. "To je - "

"To je teda pěkná ostuda!" zakňučela jeho sestra.

"Ale Eni," snažil se ji udobřit.

"Co? Vždyť vy ste ho usmažili!"

"Nač mluvit hned o tom nejhorším?" podíval se na ni Tom. "Koukni - máme tenhle čip. To měl Josh. Určitě to byl jeho implantát."

"Navíc tam budeme - všichni tři - takže je to i důkaz..."

"To mě nenapadlo," řekl Tom. "Teda," váhal, "to máš Ádo recht. Musíme s tím něco udělat."

"No, prvně bychom si ho měli prohlédnout, co?" částečně se obrátil i na Enolu. Nechtěl, aby měla pocit, že ji zase z něčeho vynechává, protože není dost dobrá. Někde by mu za to mohla zavařit... "Tak co?"

"Co co?" odpověděla. "Je to pěkně nechutný!"

"Co co! Prostě bych teď šel nahoru, vypnul záznam a hodil tam tuhle M-pětku čip. Může tam být věcí..." prohlásil s odbornou důležitostí.

"Hmm..." kývla hlavou. Nemohla ho pochopit. Nikdy ho nemohla pochopit. Proč byl tak dětský a přitom tak neuvěřitelně vyspělý. Byl to její brácha, takže se nad ním občas zamyslela, ale zdál se jí dočista jiný než všichni ostatní. Vypadal normálně - když ho člověk viděl na ulici - zepředu, zezadu, prostě normálně, ale kdyby s ním promluvil, kdyby ho chvíli pozoroval... Nejspíš by dostal pocit, že má před sebou nějaké médium, nějaké fluidum, které jím proniká až k morku kosti. To bylo to, co na něm nesnášela. Nejspíš proto, že se toho bála. Nebo snad ne?

"Tak dem, ne?" řekl Tom netrpělivě.

Adam z toho neměl dobrý pocit, ale věděl, že co začali to musí nějak dokončit. Rozebíral a smotával dráty a přemýšlel nad Joshem. Tolik si ho chtěl pohladit a dotknout se ho a zjistit co to vlastně je za zvíře, že umí lítat a ještě tak krásně cvrdliká... Měl pro jemnosti slabost. Občas se za to nenáviděl, ale byl s tím docela smířený. Jen si nebyl jistý jestli je to klad nebo zápor.

Například Joshe viděl se škvařit celé dvě sekundy a několikrát si ten záznam potom přehrál. I když šli nahoru pod jeho vedením, i když se smál a říkal Enole "citlivko", přesto měl strach. Pověrčivost? Snad, ale určitě mu od žaludku moc dobře nebylo a dokonce mu vyrazilo pár krůpějí potu. Zvolnil tempo. Čekal co na to Enola, bál se jejího výrazu, jejích očí. Věděl, že ví. Jen ona mohla vědět a poznat co cítí. Ona, která ho znala od malička.

Její tvář si vybavoval docela živě. Měla rovné, dlouhé vlasy a nos jako on. Nebyla škaredá, ale ani přílišná krasavice. Byla to prostě normální holka. Vlastně ji ani jako holku nebral. Co na tom - byla více méně součástí jeho samého... Škoda, teď si nedokázal vzpomenout na výraz jejích očí, normální výraz, ne ten naštvaný a plný zloby co mu tolikrát předvedla. V tom byla jako jeho matka. Najednou je viděl vedle sebe a ty obrazy docela splývaly. Stály tam? Hleděly na něj? Nesmysl. To si představuje. Jenom si to představuje. Má halucinace. Musí mít hypoglykemii. Došlo mu, že i mlhavě vidí a nedokáže přesně zaostřit. Kdyby býval jedl, opravdu jedl, snad by si i myslel, že se otrávil, ale jídlem to nebylo. To tedy rozhodně ne.

Zatímco uvažoval, kocour se vzdálil a o poznání zjihl. Jeho skelně zelené oči změnily barvu už dvakrát aniž by si toho Adam všiml. Nebo si toho všiml? Přišlo mu, že je stále stejný i když se neustále měnil - polohu, způsob chůze i chování vůči němu. Zato Adam ne. Nenáviděl i miloval ho docela stejně. Zasmál se sám sobě... On a černočerná kočka v černé, pusté krajině - jaké klišé, jaká pošetilost! Trapný sen? Škoda, že sny bylo to jediné, co nemohlo lidstvo nikdy ovládnout. Sny o budoucnosti, o slávě, o tom jak se stáváme hrdiny a stoupáme do nebes, jak stojíme na piedestalu nejvyšší hory obhlížejíce svět s pohrdavým úšklebkem neustále se třící rameny o sféry ještě vyšších latinských názvů a pojmy které nám uvízly v paměti skládáme na stoličku po které se snažíme dojít ještě výš a vidět ještě dál a vystrčit hlavu až za stratosférické ticho do věčného klidu a prostoru protože "tady" už není "tady" ale "tam" je stále "tam" a protože jenom my víme co má být co se má stát a kdy a i když nevíme tak jsme přece jenom silnější s pocitem lvů roztahujících ocelové trubky své zlatem vystlané klece nic netušících o tom, co je čeká snad jen s přesvědčením že to nemůže být o nic horší - a o nic lepší řekl kdosi - než to všechno co už bylo protože budoucnost je jenom minulostí a záleží na úhlu pohledu a na výšce a nikdo z nás nechodil na laně nad roklí ve dvou letech ani nelétal tryskovým letadlem když mu byly čtyři a ani nezakládal rodinu v osmi letech i když tam všude byl to všechno viděl a prožil a neví a neví a hlavu si láme co bylo zda bylo co bylo nebo co je a co bude jestli bude jako to co bylo ale sny se liší člověk od člověka sny jsou fata morgana na úpatí písečné duny tak proto nemáme společného víc ale to co nás poutá je zde všude mezi námi i v nás a ovlivnit nelze i když si pijeme krev a pátráme po snech toho druhého i když skomíráme a v nouzi přinášíme oběti nejvyšší - jen když to nejsme my - pro Boha který není doufaje v hrdiny z vymýcených mýtů a bájí kterým v té zkomolené formě Hollywoodských ektoplazmat sotva Aesop by porozuměl sotva Aeschylus by pochopil sotva Aristophana by přiměly k smíchu ač v době dávno minulé se snad i jim zdálo o létání vzduchem nesmrtelnosti a nekonečnosti prostoru který se křiví tak jak si sami přejeme v souladu se zákony které sami schvalujeme a sami se jim poddáváme protože něčemu se poddat musíme protože hluboko v nás třímá duše čistě DeSadeovská zapříčiňující že ač na svůj osud naříkáme tak si v něm hovíme a líbí se nám a nedali bychom pranic za prach pouště a dusivé ticho nad stratosférou lidských smyslů ať už má Freudovské přízvisko nebo žije v bezejmenných frázích a stále nevíme sami nevíme a snad nikdy vědět nebudeme jestli je peklo v nás nebo mimo a jestli snad v jiných lidech za určitých okolností někdy to sémě nezakoření jenom proto že ho viděli v nás a že když jsme tenkrát kýchli a nezakryli si ústa prostor se zase zmenšil a ticho opět vzrostlo a pověrčivost vzala za své protože ten kdo prohlašuje že nemá strach a nebojí se virů pekla druhých se bojí nejvíce protože i ten kdo ostentativně hlásá svou dobrosrdečnost má srdce dobré pouze sám pro sebe jako i ten kdo se chlubí svým nejlepším já má problémy to nejhorší ukrýt ve stínu vlastní minulosti a až padneme všichni do stínu pak teprve pochopíme jak důležité je že slunce svítí pro všechny ne jenom pro nás a jak jsme se měli zachovat tenkrát když jsme ještě doufali v Newtona a modlili se k Darwinovi protože ale na Freudovo srdce jsme dali nálepku relativity a absolutní ztratilo význam tak i strach pozbyl bílé a černé, i v něm splynula duha v šeď a dobro se zlem si podali ruce - protože nic není tak špatné jak vypadá jak vypadá jak vypadá jak vypadá...

Adam polkl. Její krev byla teplá a sladká. Když zavřel oči, měl dojem že je zase sám sebou.

Intermezzo

"Ach pane, ty jež jsi na sebe vzal podobu této černé kočky s očima nevinné panny: zde nad Tvou obětí, kterou jsem spáchal pro Tebe z dobré a svobodné vůle, pouze pro Tebe a pro nikoho jiného, Tě teď prosím..." o co chtěl poprosit? "o - o - " pátral v paměti, "o slitování Tvé" - co teď? - "A přísahám na své svědomí a na - " stačí? "na své svědomí, že bych nikdy nikomu neublížil nebylo-li by to - " ?? nezbytně nutné - napadlo ho: "nebylo-li by to s Tvým věčným požehnáním a pro dobro všech lidí na Zemi," co když už žádní nebyli...? "A vím, že kdysi" zvrátil oči k hnědošedé obloze do níž se vpíjela křídla obrovského papouška "stejně jako dnes" sjel očima ke kocourovi "stejně jako kdykoli v budoucnu" ucítil na svém koleni její ruku a toho tak rozzlobilo, že ji přišlápl do kamenného podloží a vyžíval se v tom jak jí křupají a drtí se prsty, což mu přišlo nesmírně uspokojující, "jako kdysi - jsi to byl Ty kdo vedl mé kroky - " zamyslel se "a ruce a i mou mysl k činům dobrým i zlým." Domluvil. Jak dál? "Amen!" zadrmolil mezi zuby.

X:Y i pojmenoval Boha svého Josh

X:Y i měl hlavu televizní obrazovky, dlouhý krk a kočičí fous

X:Y i boha otcem svým nazval

X:Y i otec Josh křivě se podíval a snídani svou pojedl

X:Y i otec Josh opáčil co za práci sdělati mají

X:Y i přiměti měli kmeny všechny by se práv svých vzdali a na cestu dlouhou se společně vydali

X:Y i město svaté k polednímu zavěštil

X:Y i najedl se do sytosti a věštění jeho konce pojalo

X:Y i siestu si dal s ptákem velikým papagajem a oplatkem z reklamy vlastní

X:Y i bachor pohladil a rádce svolal
X:Y i dvanáctero rádců jím dříve zvolených se raditi počalo
X:Y i poradili se rádcové co udělají
X:Y i poradili otci Joshovi že poslat kmeny přes koryto vyschlé musí,
že za sedmero horami a sedmero řekami je strom
X:Y i ze stromu toho vysokého voda viděti býti by měla
X:Y i nevyleze nikdo na strom ten onen neboť Sekvojí zove ho
X:Y i musí dál projíti okolo stromu tam tohoto až dál
X:Y i složiti zkoušku věrnosti jemu tak musí
X:Y i rozpustil družinu rádcovskou
X:Y i rodinu svolal by rady ty převážil
X:Y i vážili rady leč váhy strhali
X:Y i zjevil se kocour ve chvíli pravou
X:Y i pravil otci bohu Joshovi kocour ten tamten
X:Y i já jsem bůh i ty jsi bůh i my všichni bozi a božata
X:Y i boží to je to
X:Y i boží to je to
X:Y i Josh otec bůh chyby své doznal a před kočkou k zemi pad
X:Y i zeptal se odkud on pochází
X:Y i odvětil on že on je on a byl on i když on ještě on nebyl
X:Y i hlavu mu zamotal a tak ho uškrtil
X:Y i konec byl vlády jeho
X:Y i proto se zasmál a přísloví vzniklo
X:Y i kdo se naposled směje až se ucho utrhne
X:Y i upadlo ucho mu k zemi
X:Y i zasmál se znovu a ucho druhé to první snoubilo
X:Y i bylo tak jak kniha knih praví i kdyby jinak to bylo
X:Y i bylo nebylo co bylo bude a co bude už bylo (i kdyby nebylo)
X:Y i dvanáct mužů batohy sebralo na výlet vyšlo
X:Y i hledali Sekvoje nejvyšší
X:Y i prd našli
X:Y i slunce za kopec zašlo a zima jim bylo
X:Y i zalehnouti chtěli leč Josh bůh černý je doběhl
X:Y i pravil že každý z nich bohem je ač o tom nevědí
X:Y i uvěřilo dvanáctero rádců Joshovi bohovi
X:Y i poptali jeho co dělati mají
X:Y i pravil On že dělati mají co chtějí že ale bez něj jsou v -
X:Y i vědom si božskosti své jenom se lišácky zasmál
X:Y i tak i tak i jinak

X:Y i jakmile pravil to hlavy jim zamotal

X:Y i k zemi rádcové-bohové padli a hlavy jim odpadli

X:Y i božské bytosti zemrouti musí ať je to s i nebo y

X:Y i šel potom bůh-otec-Josh černý a těla zakopal

X:Y i zemi tu s těly posvátnou nazval

X:Y i jenom on věděl, že posvátná země v podstatě své krchovem je

X:Y i všichni pak pomřeli a do země posvátné sám bůh je odnesl

X:Y i dodnes tam hnijí a hníti budou a čtenář ten nebo onen nic na tom nezmění

X:Y i kdo píše menší je vůl než ten kdo to čte

Soudcové a rádci

V parlamentu bylo horko. Zasedání ohledně nové multiraciální smlouvy XU5 bylo odloženo. Řešil se únik fosilních paliv z centrální solární oblasti a den probíhal poněkud nudně. Pár poslanců listovalo v náramkových televizních přenašečích co se kde projednává a rozesílalo své připomínky, několik si jich odskočilo na meziplanetární sezení yogínů a program se táhl a táhl.

Budovy parlamentu, které se nacházely v podzemních prostorách 478 a 989 ulice Čtvrti výborů byly normálně prázdné, protože veškerá zasedání probíhala intervizí přes telesíť ale před týdnem nastala krizová situace neboť v oddělení Pentagonu při Harvardské univerzitě zjistili že orbitální modul s odpadním plutoniem je neovladatelný a předpokládané zrychlení a odpoutání od planety není možné uskutečnit. Pochopitelně to byla ultrarešeršovaná tajená informace a k jejímu byť i jen internímu zveřejnění došlo až po prezidentově schválení a ověření že nic jiného opravdu nejde dělat, že "se do toho musí opřít".

To byla oblíbená slova prezidenta Fefersona: "Musíme se do toho pořádně opřít." Nikdo nevěděl pořádně kdo a do čeho se má opírat, ale jelikož to byla již fráze politicky tradiční, každý předpokládal její význam je panu prezidentovi naprosto jasný a tudíž ani on či ona nesmí dát najevo, že vlastně neví oč jde. Bylo by to potupné, vypadat na veřejnosti jako pátá tryska u motoru pana prezidenta. Ten byl navíc proslaven svým řečnickým uměním a nepřekonatelným darem počítačové telepatie, takže z něj měl dřív či později každý strach. Nikdo totiž nevěděl, kam právě míří jeho síťová čtecí zařízení a telejednotky.

"Musíme se do toho pořádně opřít," skončil svůj nelítostný projev ve kterém vyhlásil válku částečkám plutonia, které jeho předchůdce zanechal svým supertajným rozkazem na oběžné dráze. Všichni bouřlivě zatleskali a každý si myslel své. Prezident Feferson byl totiž dobře známý mimo jiné i tím, že v každém svém projevu někomu vyhlásil válku. A poslední větou vždy dodal, že tato válka je "pro dobro nás všech a v zájmu míru a lidstva na planetě".

Před měsícem vyšel jeho videomemoár - 600.000 hodin mikrofišvideozáznamů o biografii velkého prezidenta nazvaný "Dobrý Feferson - dobro nás všech" s podtitulem "Velký odvaz dobrého Fefersona", což, jak bude zanedlouho řečeno, mělo své důvody. Povinně si ho koupili všichni poslanci a ministři, jejich rodiny a jejich známí a následně i známí jejich známých, o známých poslanců a jejich rodinách z jiných států ani nemluvě, takže se Dobrý Feferson udržel na žebříčku bestsellerů a nejpopulárnějších hitů státních i domácích videoték po celý rok. Exportovali ho i na Měsíc. Nicméně zprávy už zatajily to, že tam ho shromažďovali k jiným účelům. Tamní fundemokratický vůdce Ibrahim Ali Alibaba totiž vyhlásil soutěž o největší hromadu memoárů prezidenta Fefersona, který vyhrála škola Sajina Největšího. O půlnoci v den zatmění slunce pak všechny hromady zapálili a v multitextovém přenosu sledovala celá měsíční populace jak krásně hoří. Bodeř by nehořely, když byly z denaturovaného ozónu s přídavkem syceného uhlíku, což byl odpad při výrobě slunečních panelů. Naštěstí tato technologie zůstala měsíčňanům stále neznámá - i přes všechno usilování jejich tajné služby - a tak se prezident Feferson mohl v koutku svého třistapatrového mrakodrapu v centru samého Shin-Shingtonu jenom smát.

Frází "v zájmu míru na planetě," kterou, jak si všiml jeden stařičký akademik na Harvardu v knize, která vyšla nedlouho před jeho smrtí, odkoukal prezident Feferson od prvního superguvernanta vězení na Marsu Spytihněva, který si ji přečetl v jednom starém dokumentu z jakési velmi pokrokové země před třemi staletími zvané Sovětský svaz. Protože však v marťanském jazyce neznají výslovnost písmene "s" a všeobecně ve všech slovech se potlačuje výslovnost samohlásek, takže jméno Spytihněv se vyslovuje jako YIĚ, došlo k nedorozumění a onen akademik nazval onu zem - ve snaze ji lingvisticky přiblížit pozemšťanům - Velký Vaz, načež vlivem mediálního přenosu došlo k dalšímu nedorozumění až nakonec sám prezident Feferson prohlásil, že "musí skromně uznat, že jeho oblíbené rčení pochází od jistého Velkého Odvaze z doby před rokem dva tisíce" což nikdo dále nezkoumal. "Velký odvaz dobrého Fefersona" byl pak dále zkomolen novináři, kteří podtitul četli jako Velká odvaha, což prezidentovi náramně hrálo do noty až jednou doma prohlásil, že nové vydání se bude jmenovat "Dobrý Feferson a jeho velká odvaha".

Potlesk dozněl, ale jeho ozvěna byla opět zaznamenána pro další dny, takže když se ministři pro ekononomické záležitosti, což byla přezdívka výboru pro atomovou energii, kterýžto název byl změněn ve veřejném referendu bývalého prezidenta, sešli v separátní místnosti parlamentu za účelem, který prezident naznačil před týdnem, museli dvě minuty čekat na ticho.

"Tak," prohlásil ministr pro vnitřní záležitosti Džužua, "nemáme čekat na prezidenta Fefersona, neboť je prý vždy s námi, a můžeme začít rokování. Pánové vědci - Simenon, Adonis a Bezek z Ústavu a - " pohlédl na Adama, "představuji Vám Vašeho nového kolegu doktora Adama kterého jistě všichni dobře znáte díky jeho výzkumům Teorie Absolutna."

"Těší mne," řekl Adam a postupně si potřásl s pány odborníky rukou. Znal je z telekonferencí ale nikdy se nesetkali tváří v tvář. Zajímavé setkání. Téměř si odvykl dívat se lidem do očí, cítit je okolo sebe a měl nyní spíše trému až nevoli k osobnímu jednání. Rozhodně mu nebylo do řeči.

"Tak, posaďme se, a dejme se do práce," prohlásil ministr Džužua kategoricky. "Situace je urgentní a naléhavá a musí se řešit okamžitě."

"Myslím, že bychom měli vytvořit globální komplexitu driverů pro urychlení," prohlásil doktor docent profesor asociovaný inženýr Simenon kandidát věd a laureátní školitel.

"Dobrá myšlenka," odpověděl ministr Džužua téměř okamžitě. "Slečno Hebronovičičová, zaznamenávejte!" Ponukl cyborgyni k práci. "Co Vy, profesore doktore Adonisi?" obrátil se na přísedícího kolegu.

"Jistě, ehmm, jistě, že proti tomu nelze nic namítnout i když z hlediska čistě dysbalančního jde o příliš suverénní asumpci v oblasti regionu A4. Ale souhlasím. Hlavou mi vrtá myšlenka jiná, to je idea zrcadlící se generace iontů obohaceného uranu, kterou jsme zaznamenali a která reaguje na sebemenší detekci prudkým vzrůstem..."

"To ano," vložil se asociovaný profesor inženýr docent doktor uiverzálního vzduchoprázdna Bezek. "To jsme perlucidně rezonovali na laseroskopu a můžeme s téměř stoprocentní aseverancí postulovat, že tendence vznesená kolegou doktorem docentem inženýrem existuje markantně ve více než potenciální direkci a je vpravdě nezanedbatelná - a to nejen na hladině reflexivní reakce ale reaktivní pozifikace pozitvní informativnosti geometrickou řadou reagující na sebemenší divergenci v ekvilibraci computerové ektomechaniky."

"Děkuji Vám," vložil se opět ministr Džužua a obrátil se na Adama. "Co Vy na to, pane doktore?"

"No," řekl Adam, ale v zápětí si uvědomil kde je a kdo ho - možná - sleduje, a co by byť i malý přešlap stál a umoudřil se, "musím Vám pánové dát zapravdu." Všiml si jak se na sebe významně podívali. "Dle mého skromného názoru nicméně existuje i predikce jiná, a to v oblasti biosilikonu. Podle mých propočtů jde o inteligentní plutonium a uran, které se snoubí dohromady a vytvářejí si vlastní silikonové prostředí. A bez ohledu na to, zdali je pozorujeme nebo ne, jejich aktivita neustále stoupá. To je to, co musíme řešit..."

Všichni zareagovali tím nejvážnějším pokýváním hlavy. Dokonce ministr Džužua si odejmul na chvíli mřížkovanou přilbu a otřel hladkou lebku hadříkem. Bezek něco zachrchlal, ale nikdo mu nevěnoval pozornost. "Slečno Hebronovičičová," udělejte nám prosím trochu Efokoky a dejte echo prezidentovi. Doufám, pánové, že neodmítnete...?"

"Já bohužel mám kokain zakázaný lékařem," odmítavě ale velmi podřízeně prohlásil Bezek.

"No, taková troška Vás nezabije," usmál se ministr.

"Já nemůžu zase efedrin," pomalu a zřetelně odvětil Adam. "Nezlobte se, ale je to ze soukromých důvodů." Věděl, že to je to jediné, čím lze u ministrů argumentovat...

"Dobrá, takže pouze čtyřikrát - jestli počítám dobře," uchechtl se Džužua a poněkud přísně se obrátil na Adama. "Takže, pane doktore, co navrhujete?"

"No," odpověděl Adam, "je jasné, že pouhý monitoring již nestačí. Událost v Kalakala City to jasně dokládá. Všichni víme, že zveřejněná informace se mírně odklání od pravdy." To bylo poněkud tvrdé i pro ministra, ale přešel to, neboť situace byla opravdu krizová. Adam to věděl a věděl i že to ví ostatní. "Musíme předstoupit před parlament s návrhem, na který lze reagovat jasně - ano nebo ne. Riziko je velké a myslím, že sami ho rozhodnout nemůžeme..." Vypustil tak trochu do větru, aby bylo jasné, že čeká na reakce ostatních přísedících. Věděl, že musí jednat mírně podřídivě.

"Pánové," vložil se do diskuse profesor doktor Adonis, "musím akceptovat, že ačkoli je zde přítomným kolegou doktorem navrhované řešení jistě v mnoha směrech a rysech pozitivní a přínosné, ne-li profitabilní, tak jsme přešli bez povšimnutí aspekt neméně důležitý, interesantní a významný, to je otázku předloženou ultralevicovými planetografy prezidenta Spytihněva, kteří monitorují disperzi a expanzi exfoliátů v oblasti orbitální enklávy stratosféricky dimenzované nad Zemí a informují nás o stavu sekvenční duodoanalýzy ve vztahu s multifunkčním pozadím stratosférické protekce koncipiální celosti vrstev levelovaných pod kriticky notovanými exotopy ekvilibní báze a jejichž resultáty produkované v markantním interestu naší centrální výborové organizace jsou, s politováním musíme konstatovat, velmi negativní a popírají teorie o kontenci expanze částic exemplifikovaných kolegou Adamem. Jinými slovy, pánové - "

"Není jiná možnost než destruktivní entrapenetrace..." vložil se Adam do monologu svého kolegy. Všem to bylo jasné - prostě destrukce a boj s těmi potvorami, které se tam kdesi na nebi namnožily. "Máme i analýzy od technomedikologů z PVC a ty jasně predetrminují destruktivní průběh případné kontence."

"Kontence je velmi důležitá," prohodil asociovaný profesor inženýr docent doktor uiverzálního vzduchoprázdna Bezek více-méně polohlasem a jakoby pro sebe.

"Takže Vaše absolutní řešení?" povzdechl Džužua směrem k Adamovi.

"Bohužel," souhlasně povzdechl Adam. "Riziko dosahuje téměř padesáti procent, ale jinou volbu zdá se nemáme."

"Padesát procent?" tázavě opáčil kolega asociovaný profesor inženýr docent doktor uiverzálního vzduchoprázdna Bezek.

"Ano, pane docente doktore inženýre," stvrdil Adam. "Jiné volby není - ."

"Riziko je tudíž velké?" řekl Adonis mírně povznesaně.

"Ano, pánové, riziko je značné," opáčil Adam. "Musíme rozhodovat rychle a s ohledem na negativní následky."

"Souhlasím," přikývl Bezek. Ostatní rovněž pokývali hlavou. "Navrhuji předložit parlamentu návrh na vypuštění raket Binga-Bonga se stratosférickým doletem. Tímto zároveň předejdeme tomu, aby tajní od Ali Alibaby rozvířili i tak dost narušenou situaci na Měsíci."

"Myslím, že máte pravdu," potvrdil Džužua. "Radikální absolutní řešení doktora Adama je jediné možné," prohlásil, vstal, pokynul ostatním a všichni Adamovi sborově zatleskali. Do dveří vešel hologram prezidenta Fefersona,

"Jak se daří, pánové? Vidím, že jste dospěli k závěru velmi brzy. To se mi na Vás líbí - jednáte téměř jako já."

"Ano, pane prezidente," řekl servilně ministr Džužua a odsunul prezidentovi židli aniž by si uvědomil, že je pouhým hologramem. Nicméně plně funkčním.

"Takže - ?" porozhlédl se po místnosti. "Budete Vašeho prezidenta informovat?"

"Jistě," navázal Džužua. "Jistě pane prezidente, v tom problém nevidíme. Nicméně abalanční báze našich personálních sofismů inklinuje po markantnější responsi na straně legislativně-exekutivního křídla naší decisionabilní majority. Tímto exkluzivně lze aktivovat potenciál terestiální machinace v regionu sférické reakce v souladu se zásadami a pravidly výše stanovenými a determinovanými jakož i danostmi funkcionálními v responsibilních doménách naší současné kapabilitní reaktivní síly a mocnosti. Navrhuji rovněž preeminentní konzultaci s dalšími členy vlády jakož i formulaci novějších inherentních pravidel pro udržení sítě responsibility a etiky nad masovými a individuálními médii a zdroji. Potom - "

"Promiňte mi tu smělost," přerušil ministra Adam, "ale bylo by rovněž třeba se okrajově zmínit o užití střel Binga-Bonga, které jsou jediné aplikovatelné v nastalé situační kolizi."

"Ano, ano. To jsem se právě hodlal panu prezidentovi sdělit, tedy že musíme provést zásah těmito střelami, protože jsou nejméně potencionálně destruktivní pro frakce měsíčních Alibabů."

"Ach," povzdechl prezident-hologram Feferson a napil se kokainové směsi. "Zdá se, že máte vše pod kontrolou..."

"Ano," souhlasně přikývl ministr Džužua.

"Tak to já zase poběžím," řekl prezident-hologram.

"Ale, až na - " koktal Džužua, ale prezident-hologram již zmizel.

Zavládlo ticho. Po chvíli se ze stropních reproduktorů zval prezidentův hlas:

"S tím aplikováním střel buďte opatrní také proto, že Alibabovi přivrženci na východní Aljašce Midamité chápou dobře důsledky. Víte, že mají technologie z Měsíce, nikoli naše a s monopolizací sítí nesouhlasili..."

"Ano, ano, pane prezidente," okamžitě zareagoval ministr Džužua, promnul si napudrované tváře a poposedl na svém trůnu. Cítil se sebevědomý, ale nebyl si jist, zda to dostatečně dává najevo.

"Takže destrukce a boj, pánové?"

Adam chtěl něco namítnout, ale uvědomil si téměř okamžitě, že vyjadřovat jiný názor by nemělo význam. "Ano," přikývl souhlasně.

"Destrukce a boj!" opakovali všichni.

Absolutní řešení - destrukce a boj - stálo v souladu s prezidentovým usnesením, a i když se Adam trochu obával co z toho vzejde, lichotilo mu, že je spoluautorem velkého rozhodnutí které má zachránit planetu před zničením. Měl pouze tušení něčeho nepředvídatelného, ale jak řekl veliký inženýr minulého století, Jesus Von Gott, od kterého se tolik naučil - "tušení je zástěrka velkých vědomostí." Zasmál se pod fous který neměl a obrátil se k autorovi:

"Co bude dál?! A co ženy a děti? A my?!"

Muži se vyvraždí a - . Ženy a děti vládnouti budou vesnicím na březích posvátné Lethe. Incest a ~~mor~~ sexuálně přenosné choroby na každého kdo mezi ně vkročí... až jednou Lethe, řeka oleje a splašků, v plamenech i je samé pohltí a jen jedno dítě na Zemi zbude a to jméno Adam ponese...

"No to snad ne?" vyjekl Adam, ale už bylo dávno po schůzce, pracovna prázdná a pouze inteligentní koš na odpadky žadonil: "Pojď si se mnou hrát. Pojď si se mnou hrát." Jako by her nebylo dost.

Podíval se dolů na tu uřvanou plechovku a docela klidným hlasem řekl, "urvu ti poklop a nacpu ti ho do díry..." Ostatně to byla jenom plechovka... Vstal, zasunul za sebou židli a když opouštěl místnost, tak si polohlasem postěžoval: "Člověk aby za ně všechno udělal, prašiví pisálkové - napřed si Vás vymyslí a pak už jste jim ukradení."

Ruth

No, jestli mluvíš ke mně, Adame, tak si dávej pozor na jazyk. Všechno je slyšet a Tvůj imidž je zatím stále na vlásku... Pokud jde o mne, tak se nebojím.

Jsem dva, nebo dvě - mám ještě sestru, Naomi. Ta by Ti Adame urvala hlavu. Je to totiž tvoje anima. Já? Říkej mi třeba Ruth? Já jsem anima sama sebe, ale to tě nemusí zajímat. Co je to anima? To je ta část tebe, kterou nikomu neukazuješ. Přesně to, kde tušíš. Takže ji moc neubíjej, protože ona se nedá. Já ji znám. Vyrůstali jsme spolu. Je hrozně tvrdohlavá a na ženskou je nepříjemně ješitná. U chlapa se to snese. U chlapa se snese víc věcí, protože to tak má být. Neptej se proč. Hlavní je, že to nikomu nevadí.

Anima je ve stínu, řekl Jung. A když vyjde ze stínu, brzy se spálí, vyslovil Platon vlastní úsudek - na základě pozorování. Nežil v jeskyni ani v sudu. Měl chatrč a žil si fajn. Byl prvním velkým schizofrenikem. Taky mimetik. Taky epistemolog. Anima je ve stínu, řekl Jung a opakoval Platona. Ani jeden nežil v sudu. Diogenes žil v sudu a měl rád slunce. Slunce hřálo. Říkali mu pes. Diogenovi, ne slunci.

C.G.Jung taky napsal, že tušení je intuice je cítění je realita je ektopsyché jsou hodnoty jsou cíle je čas. A čas nejde zastavit. Čas jde pokřivit, natáhnout, prohnout a zase narovnat. Řekl Albert Einstein. Ale nikdo to nikdy ještě neviděl. Takže se to nedá popřít ani vyvrátit. Dá se to ale postulovat. A určitě to někteří z nás cítí - ale cit je jenom pláčem pro oči... Mimochodem, Albert Einstein například postuloval, že nechce být matematikem, že rád štípe třísky a že má vztah k hodinařině. A přesto byl matematik, neštípal třísky a hodinky by si asi sotva sám dokázal opravit. Postulovat se prostě něco musí, už proto, aby po Vás zůstalo něco, o čem by někdo jiný mohl něco jiného postulovat atd.

Charles Darwin postuloval že morálka je uvědomělá sebekontrola. Čili otázka vůle. Sigmund Freud napsal, že morálka je primitivní instinkt neboť celá společnost je řízena primitivním pudem. Čili i vůle je primitivní. Claude-Lévi Strauss souhlasně připsal, že se zničit nemůžeme, protože nás při životě uchová vlastní primitivita. Protože společnost lze "změnit ale nikoli zničit". Ernest Hemigway na to řekl, že "porazit ne ale zničit ano", což se dá chápat tak, že porážka je změna, ale nikoli že změna je porážka, což znamená že i zničení je změnou něčeho na něco nebo i na nic protože i nic je něco a to je pro člověka nemožné pochopit dokud nepochopí, že všichni lidé jsou schizofrenní protože společnost je schizofrenní protože je taková kultura, která nemůže být jiná protože jinak by nebyla kulturou. A za všechno může Pythagoras - nebo kdo to vlastně byl - kdo řekl že jedna a jedna jsou dvě a pak začal počítat a počítat až to všechno naskládal do úhledných tabulek a rámečků a šráfečků a kolonek a uspokojil své primitivní pudy... Ale darmo tvrdit - jedna a jedna dvě nejsou a nebudou a nebyly a i kdyby byly tak by byly něco co původně nebyly takže by vlastně vůbec nebyly a o tom to celé je. "Jedna já a jedna ty jsou pořád jedna já a jedna ty a nikoli dvě, miláčku" - škoda, že to Adam tenkrát nevěděl...

Věděl? Ano, život není o vědění a počítání a rámečkování a nálepkování. Proto chyby nejsou zkušenost, protože chyby nejsou je-li matematika, je-li jedna a jedna dvě. Není-li, pak jsou chyby je zkušenost je poznání je přeměna je vývoj je všechno ostatní co má být. Jenomže chudák Albert na to šel přes matematiku a dodnes mu nikdo nevěří...

Mimochodem, Jung psal o sobě, zatímco Einstein o vesmíru. Oba byli schizofrenici. Vesmír jsem já, řekl Walt Whitman a vyčůral se na stéblo trávy. Ten byl homosexuál a věděl to nejlíp. Protože neuměl počítat. Kdo mě učil počítat? Vlastní matka. A byla pěkně přísná.

"Ne, řekla jsem NE! Nepůjdeš ven, dokud to neuděláš!" zašklebila se.

"Ano," suchý dým. Doutnám nenávistí. Proč je taková - velká a mohutná, naklánějící se nad mou hlavou s touhou snad mě sníst, spolknout, zardousit, pozřít zaživa. Jsem potulný rytíř, který se neustále zmenšuje a jeho síla slábne a uniká jako pára z hrnce.

"Tak jak to teda je?!" oboří se. "Kolik je ten výsledek?"

Ale výsledky se mění. Výsledky nikdy nejsou stálé. Dřív, když byla Země ještě plochá deska, všechno bývalo jednodušší. Svět měl o dimenzi méně a lidé si rozuměli. Poté Řeky zprznili Římani a scholastikové přivolali konec mytické osudovosti a žádný Kajetán kněz ani pámbíčkář

Suárez, Dominikán, Protestant, Baptista či jiný -stant na tom nic nemohl změnit.

Adam si vzpomněl na hnutí Stantistů z doby kdy mu bylo sedm. Vedl je nějaký Chuandon Bazilisk - chodili do ulic, měli velké plakáty a hlasitě volali a pokřikovali na všechny okolo, aby se připojili. Tu scénu ze zpráv měl v živé paměti...

"Pojďte změnit svět! S Chuandonem honem honem!" psalo se na transparentech. "A nesou je obyčejní lidé," řekla ulíznutá reportérka státního vysílacího programu, "lidé jako Já a Vy. Lidé, kterým není svět lhostejný ale neví jak to vyjádřit. Lidé, kteří tvrdí, že nemusíme pracovat, protože se máme tak jak se máme. Co se ale skrývá za touto na první pohled značně demoralizovanou a nesouvislou filosofií? Zeptala jsem se jednoho z aktivistů, kterému jeho kolegové přezdívají Šílený Marx. Pane Marx, jaké přesně jsou tedy Vaše požadavky, respektive požadavky Vašeho hnutí?"

Šílený Marx byl genetickou modifikací vlastního bratra Médi Bédi a celý život hrál druhé housle. Věděl, že si ho rodiče pořídili jen jako společnost pro jejich velkého podnikatele a úspěšného a vzdělaného synátora. Ale zvykl si. Když si ve čtrnácti vyholil hlavu a nechal na ni vytetovat hákový kříž, otec jenom podotkl, že si ho mohl udělat víc našikmo, protože tak by alespoň vypadal zajímavěji a duchaplněji. Duchaplněji! On, který zažíval taková muka díky jejich neporozumění, díky tomu, že byl neustále odstrkován a přehlížen... A tak jednoho poklidného večera zosnoval plán pomsty, plán, který si žádal odplatu. Nic víc, nic míň - odplatu a zadostiučinění za všechna ta příkoří, kterých se mu v životě dostalo.

Napřed se těšil, že až budou v maturitním ročníku jako závěrečnou práci vyrábět atomovku, že si zapamatuje postup a udělá si hlavici doma a pak... Kdo má zbraň, ten má sílu. Argo, kdo má zbraň ten má pravdu. A on má pravdu, jen to potřebuje dokázat... To byla jeho teorie. Mnohem později ale pochopil, že nejde o pravdu, že nejde o to, kdo je v právu a o to, to dokázat.

"Víte, nejde o to, zda máme pravdu," odpověděl politicky suše, až vyjekaná novinářka zakoulela očima. "Nejde vlastně vůbec o pravdu, protože jde o tak říkajíc vyšší principy."

"Vyšší principy?"

"Ano," odpověděl sebejistě.

"Mohl byste nám to prosím nějak přiblížit? Co může být vyššího než princip pravdy - a všichni víme, že pravdu nelze koupit ani vybojovat," usmála se na kameru a upoutala tím na sebe značnou pozornost diváků -

pravdu má náš prezident a jeho dvanáct poradců. Pravdu má rozhodnutí a my to rozhodnutí musíme přijmout abychom prozřeli - prozřeli tím správným směrem."

Šílený Marx se zazubil. "Ano, to je názor většiny. Ale - ruku na srdce - kdy a kolik a jak??"

"Pardon?"

"Myslím tím - kde je opravdu pravda nevíme a proto zde o pravdu opravdu nejde." To byla příliš silná a komplikovaná slova do diskuse. Jakoby je vyslovil sám ministr války a tak jeho oponentce nezbývalo než použít poslední útočiště, poslední nevyzkoušenou taktiku.

"Takže vy neuznáváte teorii největšího z moderních filosofů Joe Byznise, že v právu je síla?"

"Ne tak docela."

"A na hnutí Čtyřiceti EL se díváte spatra přestože jejich požadavky nebyly těm vašim až tak na hony vzdáleny... Vlastně - ".

"Ale pokud vím, jejich hlavním mottem bylo ´Byznisy spojte se!´ nebo tak něco. A to je přece v naprostém rozporu s našim - ".

"Omlouváme se za přerušení přenosu, ale jak vidíte tak se na ulici rozpoutává krutý boj Bazilisků s ochránci zákona. Ozveme se vám za chvíli..." Ještě několik minut běžela kamera naprázdno. Na ulici začaly boje, střílení, bouchaly bomby a pumy. Průvod se rozutekl a na náměstí.

Adam sledoval jak sám Chuandon na alegorickém voze jede včele průvodu, který se rozpadá, lidé si klekají nebo sedají na zem a čelí policejním silám. Byly povětšině mladí a z tváří jim zářilo nadšení a odhodlání. Ani zrnko strachu. Když se policejní kordony, tvořené z devadesáti procent mobilními robotogy kteří měli zákaz zabíjet lidi, přestože byli téměř k nerozeznání od lidí. Jediné znamení jakým je šlo rozpoznat byly jejich o fous kratší paže a jemně zhrublé rysy chůze a chování - pokud nepromluvili. Také nebylo obtížné je pacifikovat či znehybnit menší dávkou proudu nebo prostě fyzickým úderem. Problém byl, že byli zezadu vždy krytí svými nadřízenými oficíry.

Chuandonův vůz zastavil přímo před vrchním velitelem kordonů, za kterým ještě stály další mobilní posilové jednotky, s plovoucími děly na vzduchových polštářích a několik poloviditelných útočných strategických raket. Na moment se nic nedělo - lidé seděli okolo Chuandona, zdvižené ruce, hlavy nahoru a tváří v tvář robotogenům volali: "Máme dlouhé ruce!", stále dokola: "Máme dlouhé ruce!" Pak z ničeho nic Chuandon skočil z alegorického vozu přímo na vysoký kůl s vlajkou svobody, který byl součástí pomyslné oje tažené dvěma protestanty převlečenými za robotogeny. Projel po kůlu až dolů k zemi a zanechal za sebou zkrvavělou stopu. Na zemi se rozlila kaluž krve.

Když to viděl velitel policejních jednotek, s vyjádřením obdivu pokýval hlavou a začal pomalu a důrazně tleskat. Všichni se postupně připojili, takže vznikl melodický rytmus jakoby bubnů a Šílený Marx vylezl na vůz a začal do toho rytmu zpívat kultovní melodii, která se ten týden vyšplhala na žebříčku schváleného cenzurovaného popu až na třetí místo nazvanou: "Bůh nás zachrání".

"Bůh nás zachrání, Bůh nás ochrání / a když ne tak nevadí, nevadí / pravdu nikdo nezdaní..." Refrén byl tak známý, že si ho pobrukovali i děti ve škole, přestože sotva věděli, o co v písni jde. Jednou při hodině jazykové výchovy se jich učící dotázal zda té písni rozumějí a pochopitelně všichni pokynuli hlavou jakože ano, načež tedy překvapený vyučující začal plný výklad písně pocházející od nedávno zemřelého zpěváka kokain-popu Pinky Dinkyho, který mimo jiné učil na vyšší škole klasika Bee-Bee-Buma moderní filosofii. Adam bohužel při hodině usnul, takže si nic nepamatoval.

Jinak si ale pamatoval hodně - více, než bylo záhodno.

Uncle Sam

Stalo se to velmi náhle. Ač byla obloha stále stejně šeravá a bezvětří Adama zužovalo víc a víc, rozhodl se - posilněný čerstvou krví - vydat se na cestu ke vzdáleným horám. Tušil, že tam někde na obzoru musí začínat moře. Ohlédl se po kocourovi, kterého v duchu pojmenoval Josh a přál mu stejný konec, když v tom spatřil světlo, silné světlo. Zastavil se. Zpozorněl. Mnul si oči ale marně.

"Ahoj synku," ozval se temně dunivý přátelský tón. "Tady - "

Adam zvedl oči, mírně pobouřen tím, že mu někdo říká synku, ale vzápětí se zarazil a padl na kolena. "Strýčku!" zvolal překvapeně. "Jsi to ty?"

"Ano, synku, jsem to já. Já zrozený ze Svobody a rovnosti. Já, který nikdy neopustí svět." A nebylo pochyb - byl to strýček Sam, kterému se přezdívalo v dávno mrtvém jazyce Uncle Sam. Potvrzovalo to i jeho oblečení - oblečení dávno zkrachovalé firmy Uncle Sam. Také na hlavě měl tetování S.A.M., což se prý vykládalo jako zkratka tehdejšího "Short Access Mind" a znamenalo, že byl vždy a všude, ač ho třeba někdy nebylo vidět, protože byl bohatý a měl několik neviditelných letadel. Ale byl to on, samotný strýček Sam.

Jednou o něm Adam četl v učebnici moderní mytologie na domácím intranetu, že ho zrodila socha Svobody poté co jí to Bůh přikázal. Ten by věděl o Bohu i o osudu lidstva - teda mně - napadlo Adama... Možná mi chce pomoct... Trochu pozdě, ha-ha, pousmál se.

"Ano," vmísil se mu do proudu vědomí samotný Sam. "Je to vskutku tak - jsem Uncle Sam, jak sám vidíš. Jsem Uncle Sam zrozený Svobodou, znásilněnou čtyřmi tyrany - Alexandrem Velikým, Napoleonem, Hitlerem, a Disneyem Landem. Mám proto sílu čtyř mužů a božskou trpělivost.

Schvaluji vše, co se má schválit a odsuzuji vše, co se má odsoudit. Jsem Uncle Sam," řekl a potáhl si za dlouhý bílý fous. Měl nasnědlou, vrásčitou pleť s několika pihami stáří a znaménkem pod okem. Očividně používal mejkap firmy Lucky Strike.

"Jsem rád, že tě vidím," poznamenal Adam, protože nevěděl co jiného by řekl. "Jmenuji se Adam."

"Já vím, Adame," řekl Uncle Sam. "Říkej mi Same, synku." Jeho hlas byl tichý a přitom hlasitý, přesvědčivý aniž by se vnucoval, vnucující se aniž by zněl nepříjemně, nepříjemně chladný aniž by chladil a chladil svým teplem. Teplem světla, které se rozplývalo v několikadimenzionálním kruhu všude kolem něj. Stále ve dlouhé chodbě s několika sochami po stranách a starými obrazy nějakých Adamovi neznámých státníků. Nad hlavou mu visel křišťálový lustr a v ruce držel nezapálenou dýmku. Vypadal dost suše, ale zkušenosti určitě měl - měl na ně věk.

"Neptej se na můj věk," zarazil Adama svou jasnozřivostí. "Neptej se odkud pocházím ani kam jdu. Ptej se proč jsem tady - teď a tady - v téhle prdeli vesmíru." Rozhlédl se kolem a odplivl si. "Jsem tady kvůli tobě."

Mě? Podíval se na něj Adam s neskrývaným překvapením. "Ano, kvůli tobě, Adame. Tobě, který jsi stál u zrodu konce a jsem tady proto, abych ti pověděl, že budeš stát i u konce zrodu aby někdo jiný spatřil začátek. Protože každý začátek má svůj konec - začátek konce nevyjímaje - a mým úkolem je právě připomínat, že i konec konce má začátek, který má konec jehož konec je začátek a tak to jde stále dál... Nerozumíš-li, nevadí."

"Takže, strýčku," opáčil Adam nesměle, "Tys zde abys pomohl mi, ubožákovi - "

"Nelituj se, sebelítost zabíjí," přerušil ho Sam. "Chci ti říct jedno - jdi tímhle směrem," zaduněl do mrtvého vzduchu až se zvedl vítr, plivl směrem k horám a pokračoval, "Ten směr buď mnou požehnán. Jinak ti pomoci nemohu neboť je neděle a říkám v neděli ani strýček Sam nic nedělá."

"A kam mám jít? Kam dojdu? Jak to poznám?" Adam byl plný otázek.

"Neptej se. Kdo se moc ptá, moc se dozví. Až tam dojdeš, tak tam budeš. Až dojdeš tam, poznáš kam." Po těch moudrých slovech strýček Sam zvedl dýmku k ústům, připálil si, zvolna odfoukl dým, otočil se na patě a odešel za světlem. Světlo ho polklo a vše bylo jako předtím.

Adam nasucho polkl. Teprve nyní si uvědomil, že je mu zima. Ještě jednou si promnul oči. Nebyl si jist, jestli snil nebo bděl. Zavrtěl hlavou, obraz strýčka sama stále hlodal v jeho mysli, a když otevřel oči spatřil na Samově místě stát Joshe. Vstal a pohlédl mu do očí. Měl je smaragdově zelené, ve tvaru ženského přirození, což mu připomnělo, že se měl napít víc, než se krev úplně zdrcne a ztuhne a nebude už dobrá k ničemu. Pozdě. Nevadí. Vadí nevadí... Vadí nevadí... Ptal se sám sebe a hleděl kocourovi do očí.

"Vadí - nevadí?!" štěkl po kocourovi.

Kocour vymňoukl jakési nesrozumitelné "jééauu" a sklopil oči. Odběhl opodál a zastavil se. Vše bylo zase při starém - obloha barvy několikrát recyklovaného papíru, obzor rozplývající se jako moucha nespokojenému opilci a dusné bezvětří, které by se snad dalo i krájet. Vydali se na cestu.

Cesta byla daleká a strýčka Sama vidno nebylo leč zjevil se anděl a pravil já jsem anděl zovu se Gibreel Farshit a posílá mne Uncle Sam amen abych vám kuráže dodal na cestě daleké této přes hory a doly a sedmero řek až tam kde perníková chaloupka stojí a kde čeká ona kterou hledáte a která tam vždy byla ač vy jste ji neviděli a já jsem padal a padal a nikdy jsem nespadl protože už jsem spadl a spadlý nemůže spadnouti znovu ledažeby spáchal dvakrát skutek dobrý i zlý a třikráte studnu obešel a na čelo si zaklepal a černou kočku obětoval a pak snad by mohl vzít tu zbraň do rukou a spustit a za spoušť zavadit a služebníkem vyšší moci se státi kde na piedestalu dějin stojí veliký Sam strýc ze zemí vzdálených a přece vždy bližších než je jasno známo a vidno a až Široký vodu vypije a Bystrozraký oslepne a Dlouhý se tíhou své minulosti pod zem sveze a u protinožců vynoří a Hannah Gbreela políbí a prázdné modlitby tupě blábolit přestane a Svoboda přijde v okovech ještě jednou a znovatakpotompřece - fíííjúúúuh - bíp bíp bíp bíp bíp bíííp - "have a break - have a Kitkat" - :

Adam otevřel oči. Ležel tam, stále na stejném místě vedle těla, které co nevidět začne zapáchat. Bylo mu nanic. Nevěděl co je sen a co skutečnost. Začal se bát, proklínat minulost i budoucnost a všechno kolem. K boji s větrnými mlýny mu chybělo víc než kuráž...

"To se ti to leží, co?!" Podíval se vyčítavě na neznámou na zemi ležící ženu. Chtěl vidět co nebylo? Sotva to bylo víc, než nelidsky znetvořený cár masa - hadrů a kostí propletených v krvi s jeho vlastním chtíčem. Připadal si jakoby se díval do zrcadla. Slova už tak lehce nešla na jazyk. "Co?!" vyštěkl znova. Vší silou kopl do mrtvé končetiny až tím zvířil prach. Přitom si ale sedřel holeň o kámen až zaúpěl a tupá leč ostře neutuchající bolest mu zbystřila smysly. Byl ještě tam nebo už byl znova "tam"??? Podíval se nahoru, před sebe, do stran, zakroutil krkem jako slepice v posledním tažení a skončil tam kde začal.

Zdálo se mu, že to není on, ale že on je vojevůdcem v čele velké armády, obrovského srocení zbraní a lidu - neklidného, neustále plného nenávisti, závisti a touhy porážet a ničit - lidu, který byl jeho poddanými, odhodlanými nájemnými vojáky. Nikdo neumí tak ničit jako člověk, napadlo ho. V mysli mu vyjížděly snadno memorované obrázky z videokurzů dějin minulých dob, obrázky násilí a vraždění, nenávistných pomst a občanských a jiných válek - bratr proti sestře, sestra proti matce... Tak se to psalo v učebnicích.

Ale, napadlo ho, kam to dotáhla jeho společnost, s filosofií prevence a pacifismu, filosofií kde všechny války a zabíjení se skrývaly v ilegalitě...? V čele s prezidenty a státníky bezpočetných klonů a variací, kteří ani nevěděli, že jejich myšlenky nejsou a nikdy nemohou být originální, protože myšlení bylo záležitostí čistě, pouze a jen vědeckých patentů pod dohledem a přísnou cenzurou. Myšlení vedlo pouze k problémům a "morální inflaci," jak jednou prohlásil sám pan prezident Dobrý Feferson.

"Vysíláme novoroční projev prezidenta Fefersona," ozvalo se ze všech stran. "Prosíme o klid. Máte minutu k zaujmutí pozic..." Rodinka se sešla k oslavám. Ale ne, to bylo dřív, když byl mladší. Tentokrát stál na půdě společnosti GMBH INC FWD 01 jako vedoucí oddělení chronografického developmentu a rešerše. Dobře si ten okamžik pamatoval, protože se právě pohádal s kolegou Jonášem Fosterem o možnosti požádat vládu o grant na projekt chronografu. To nevěděli, co ví vláda...

Spatřil prezidenta Fefersona s potítkem a dvěma vlaječkami na uších. Měl uměle mejkapované vrásky a lesklo se mu čelo. Nebylo pochyb - nebyl to žádný hologram ani genoplikát, byl to Feferson sám. Pousmál se. Jeho zuby zapíchaly Fefersona do očí. Přejel jeho bradu a hladkou nasnědlou kůži na krku. Feferson věděl jak na voliče zapůsobit:

"Jako když se srazí dvě neutrina..." spustil a Adamovy oči se setkaly s Fosterovými. Jo, jo - dvě neutrina. "tak je naše planeta naplněna mikroskopickými otřesy, které prohlubují časem vzkypělé hlubiny vesmírné minulosti na našich bedrech a štípají hmotu našich jaderných svébytků do trusnoucí a trouchnivějící prašnosti vůle, která měla pomoci výstavbě nového a ještě dokonalejšího nerelativního světa ve kterém jsou dimenze přístupny všem občanům bez rozdílu ve vybavení, čipovém zaměření či vůbec implantace a zdokonalování..."

Když si Adam uvědomil, že nosí v hlavě mikročip se speciální funkcí, kterou ani plně nezná ani neovládá, zmocňoval se ho chaos. Měl pocit, že on není on, ale někdo dočista jiný. Ne, že by se to projevovalo v každodenním styku s lidmi či v jeho myšlenkových pochodech (alespoň to sám nevnímal) ale věděl, že má schopnosti, které by jinak mít nikdy nemohl. Jak patetické!

Jediné, co člověka mohlo uklidnit bylo, že všichni kolem něj jsou na tom stejně, a že být na tom "stejně" znamená být normální.

Feferson mezi tím pokračoval v proslovu, mluvil o společném cíli, o společné filosofii o společném dobývání. "Já jsem jedním z vás, občané!" byla jeho oblíbená fráze. Často také vyprávěl o sobě a zážitky ze života, které znali všichni. Nikdy neřekl nic nového. A právě když neřekl nic nového, ozval se potlesk. Princip byl v tom začít tleskat právě ve chvíli, když Feferson dořekl něco co každý už věděl, nebo co většina obecenstva mohla už dávno znát z prostředků masové komunikace a médií které se zabývaly jeho minulými proslovy a rozhovory. Většinou toho moc nenamluvil, protože prý si chtěl na veřejnosti uchovat imidž "muže činu". A taky se mu to uspokojivě dařilo.

"To je ale - chlap," cekla Adamova sekretářka Hana, která stála pár kroků od něj a upřeně hleděla na jedno a to samé místo na Fefersonově nose. Chtěla říct něco docela jiného - nejspíš - sama nevěděla - ale za slova obdivu prezidentovi ji nemohl nikdo kritizovat... Na nose měl Feferson stařeckou skvrnu, která ji fascinovala jako vánoční stromeček. Nebyla si jistá zda ji tam opravdu má, totiž jestli není pouze namalovaná, nebo dodána režií pro efekt, ale i kdyby: hrozně mu slušela.

"Pane," obrátila se na Adama, "myslíte si, že tu vadičku na kráse - teda - ehmm, že - teda - ta vadička na kráse na prezidentově nosu je pravá?"

A jaká by byla? Podíval se na ni Adam s nepochopením v očích, nicméně v zápětí si uvědomil, že má možná pravdu, že to vůbec nemusí být opravdová stařecká skvrna nebo piha nebo něco podobného, ale že to prostě a jednoduše je malá kaňka namáznutá pro efekt.

Výňatek z novin: "Velký Feferson nás vede dál - CPA, INT COPY, Shin Shington: Hned svou první větou ohromil prezident Feferson celý národ když potvrdil vlastní zkušenost a dlouholetou státnickou praxi a dostal se znovu do popředí médií opět jako odborník v oboru, ve kterém většina z nás pokulhává. Co říci víc? Než vám předložíme celý projev našeho prezidenta, dovolujeme si shrnout jeho hlavní body:

1. na Marsu stoupá teplota zatímco na Zemi je teplota konstantní
2. není možný vzrůst ekonomiky bez poklesu teploty
3. teplota je úhlavním nepřítelem teoretiků ale z praxe je vidno, že teorie není praxe
4. vůle podléhá zákonům entropie
5. čipy podléhají zákonům entropie
6. čím bude více čipů tím bude bezpečněji

7.   referendum bude vždy pouze o teplotě, nikoli o počtu čipů
8.   počet čipů se musí rovnat počtu obyvatel
9.   zákaz vývozu čipů na Měsíc bude přerušen na neurčito
10. na import z Měsíce budou uvaleny tarify v dvojnásobné výši
11. volba prezidenta se oddaluje na neurčito

Nyní k projevu:..." Adam přejel pár úvodních řádek, celý odstavec, načal další, ale vzápětí noviny odložil. Připadal si důležitě když je držel v ruce. Noviny čítávaly jenom špičky, jenom ti, kdo na to měli. Otočil na poslední zprávu a prolétl burzovní ukazatele. Obchodovalo se přesně podle propočtů - jak by ne, když obchodoval i propočítával tentýž počítač - a tak pouze sjel dolů k tabulce cenné kovy a z pokýváním hlavy si přečetl ceny papíru, zlata a vodíku, nejžádanějších surovin. Jak se dalo očekávat, ceny u prvních dvou neustále šplhaly, kdežto vodík šel dolů. To nebylo dobré. Feferson to určitě věděl. Otočil zpět na jeho projev, ale o vodíku žádnou zmíňku nenašel. Nevěděl sice jak si vysvětlit větu: "Teplota entropicky stoupá při klesající ceně produkovaného vodíku," protože jemu to přišlo naopak - protože jestli Feferson myslel to co říkal... ale to nemohl. Nikdy neřekl co myslel a nikdy nemyslel co říkal. Ale kdyby tedy nemyslel co říká tak mohl myslet, že vodíku je málo a proto je teplota vyšší, nebo že vodíku musí být méně aby byla teplota vyšší, případně že teplota se musí snížit aby došlo k přiměřené produkci vodíku. Ale kdyby byl myslel alegoricky, což klidně myslet mohl, tak by mohl chtít říct, že je na zemi moc lidí a proto se musí exportovat více vodíku, nebo taky že čím je více lidí tím musí být více vodíku, ale klidně i že je záhodno zvýšit produkci vodíku, aby bylo méně lidí, což - Adam se bál domyslet - mohlo znamenat že uzavírá dohodu s Ibrahim Ali Alibabou o prodeji zbraní, na což neměl oficiální schválení parlamentu, seč mohl mít neoficiální souhlas ale ten mu nedával licenci takže by jednal jako individuum bez licence nikoli právní osoba a mohl tedy být postižitelný zákonem.

Adamovi se z toho zatočila hlava. Vzhlédl k třistapatrovému mrakodrapu o tři bloky dál a pomyslel na Fefersona - byl všude a nebyl nikde, jako správný politik. Měl nadání pro převleky, myšleno alegoricky. Jinak už se myslet nedá, napadlo ho a usadil se do křesla. To jsou vánoce, to je Nový rok, to jsou svátky, to je život...

"Pane, chcete občerstvení?" vyjukla mu do dveří poloautomatická mašinka.

"Zavolejte Hanu," odsekl. S roboty se nerad bavil. Když vešla Hana pokynul jí aby se posadila, "Co si o tom myslíte?" odsunul se od stolu a přehodil si nohu přes nohu.

"Co si mám myslet? Jako vždycky - náš Veliký Prezident." Řekla Hana s podtónem znatelné ironie a sarkasmu. "Nový rok je jen jednou za rok," pousmála se. Ostýchavě, přitom bezostyšně, s vlnou přes oči a váhou na jazyku.

"Hmm..." Adamovi došlo, že si vzala prášky. Takovou ji neměl rád. "Udělejte mi něco, Hani... A kdyby někdo, tak - však víte."

Měl problém, problém, problém... a věděl o něm. Ale ten problém přece nebyl jeho. Radikání řešení... rešeršované informace... úniky a množení... co z toho? Co z toho se k němu vztahovalo. ESP. Prezident. Věděl, že myslí na totéž, protože ať již byl Feferson jaký chtěl, tupec to nebyl. Měl implantováno několik čipů a nejsilější jednolitý computer v hlavě... Proto byl prezidentem. Možná ne proto, ale to bylo jedno. Myslel na totéž. Oba dobře věděli, jaké riziko může vzniknout, oba si toho byli vědomi. Džužua byl pouhou loutkou. Ostatní na tom nebyli lépe... On - jen jeho řešení to mohlo rozhodnout.

Vládci

Přesně to chtěl Feferson, aby si Adam myslel. Ne, že by se mu za něco mstil, ani ho nechtěl nijak urážet či znevažovat, ale prostě to byla nutnost. Postupně popřepínal infrazáznamy od všech svých ministrů a vůbec lidí, kteří mohli o problému s těmi inteligentními bestiemi něco vědět a když nezískal žádná nová data, s částečně úlevným a z části pohrdavým "áách jo" přístroj vypnul, vyrušil vlastní hologramy a nechal se transportovat do svého domovského penthausu na vrcholku úřadu.

Prošel okolo masážní místnosti a pozdravil Marii. Neodpověděla. Nejspíš byla napojená na frekvenční modulátor. Těžce a unaveně dosedl do svého vodíkového křesla a pohlédl přes prosklenou stěnu. Město neviděl. Dole byla hromada mraků, ale zato viděl oblohu a mléčnou dráhu a pár družic. Osobní doprava takhle vysoko cestovat nemohla, takže byl klid a minimum zplodin. Hlavou mu projelo jak vyrůstal a kde mohl skončit... na ulici, mezi tou hordou nezaměstnaných a věčně prchajících. Projel mu mráz po zádech - brrr! Ale - "jak říkám já - každý strůjcem svého osudu," vynesl nahlas a zachechtl se.

"Ahoj miláčku," ozvalo se za ním.

"Ahoj," přepnul se na intercom. "Koukám, že se zase parádíš..."

"To víš, už mi není padesát," usmála se Marie. "Musím ze sebou občas něco dělat."

"Ale pořád ti to hrozně sluší..." řekl a myslel to vážně. Byla stále neuvěřitelně sexy. A to loni slavili její sedmdesátiny.

"Ty taky nejsi k zahození..." odpověděla, napůl ironicky, a oba se rozesmáli.

Fefersonovi bylo ale teskno a vůbec mu nebylo do smíchu. Věděl to jen on - jenom jemu došli výsledky testů a jenom on je viděl a spálil a dal osobního doktora pod přísahu mlčenlivosti. Nemusel to dělat, ale chtěl mít jistotu. Člověk nikdy neví...

"Co práce? Jak to šlo?" vytrhla ho z přemítání.

"Nic moc. Šlo, ale pořád jsou problémy."

"To se spraví, neboj se..."

Štvalo ho, že si každý myslí, že za jeho úspěchy stojí právě ona. I když - snad - částečně... Ale ne, to je nesmysl. To se špatně dokazuje na planetě, kde muži hrají vždy jen druhé housle. Jak může někdo z normální rodiny, kde chlap prostě vaří, uklízí a stará se o domácnost a poslouchá ženskou... jak může někdo z normální rodiny pochopit, že u nich je to obráceně? Všechno je otázkou moci, moci - tj. peněz. Vždy bylo třídní rozvrstvení, vždy byly třídy a vždy člověk musel platit. Dost dobře nechápal jak sociální systém pracuje. Tedy, nechápal jak může pracovat, když vlastně žádný není. Musí se na to někdy podívat do análů. Ale co - to není jeho starost.

"A vyřešili jste to?"

"Částečně." Neměl náladu se o tom bavit. Měl zlé tušení. Vlastně už od doby co mu vyšly ty memoáry měl zlé tušení. Nevěděl přesně proč, ale věděl, že se splní. To tušení se mu vždy vyplnilo. Když byl malý a začal tušit máminu smrt, pak si ji začal přát a pak, když se zabila - litoval toho. Měl pocit, že má nějakou ESP charakteristiku, která dosud nebyla objevena. Mohlo to být genetickou modifikací se kterou experimentovali jeho rodiče...? Nebyl si jist.

"Víš, myslím si, že bys jim neměl dávat až tak volnou ruku nad tím co pro nás pro všechny tolik znamená. Ve zprávách tě za to dost kritizovali," naznačila poměrně opatrně.

"Ale vždyť víš jak to je - bez mojeho svolení nehnou ani brvou. Všechno musím osobně přehodnocovat a schvalovat. A ten problém s tím vodíkem mě taky zlobí - kdyby ho bylo víc na vývoz, šlo by to líp. Ale Alibaba je vůl."

"Neměl bys takhle mluvit - nikdy nevíš..."

"Já na to kašlu - on mluví o mně úplně stejně, tak co?"

"Hmm, ale stejně bys měl jít příkladem."

"Víš co je největší neštěstí?" významně se na ni podíval. "Že nemáme děti."

"Prosím?"

"No, abys jim mohla říkat co by měli a co ne..."

"Nech si to. Jasně jsem ti řekla, že na děti je vždycky čas. Navíc - co chceš ještě víc přelidňovat planetu na které je tolik obyvatel?!"

"Dvacet miliard není tolik. Podívej se na Měsíc."

"Ale tam je jich sotva tři - "

"Ale o kolik je menší. A vůbec, nehádej se se mnou. Každá pořádná ženská má mít dítě."

"Máš předpotopní názory," uštěpačně, ale polohlasem, odpověděla Marie. "Najdi si slovo ´ ženská´ ve slovníku. Stejně máš štěstí, že to je jak to je..."

"Co tím myslíš?"

"To co říkám," řekla, pousmála se a vypnula intercom.

Nad tou větou rozjímal ještě dlouho poté co zmizela z obrazovky. Měl hlavu plnou poslední lékařské zprávy a už nedokázal uvažovat čistě, nezaujatě. Nechtěl všechno nechávat na čipech. Bál se jejich převahy. Tak je využíval co nejméně. Na druhou stranu měl dojem, že mu slábne vlastní paměť a vůbec se den ode dne stává senilnější a neschopnější. Představil si titulky v novinách a ve zprávách po své smrti: "Veliký odchází k velikým." nebo "Zvítězil a odešel." Jo, ještě musí vykoumat nad kým přesně zvítězí. Ono je to vcelku jedno - zvítězit nebo být poražen - hlavní je vést válku. Nebylo velkého vladaře bez války. Velcí lidé stále válčí. Filozofie? Pragmatismus. Čirý pragmatismus...

Papír hoří - tak krásně, vybavil si znovu ten moment, tu pomíjivou vteřinu. Jakoby pálil vše, co se mu nelíbilo, jakoby pálil mosty, minulost, zklamání i prohry, ano, i prohry. Ale nepálil zároveň i svou vlastní budoucnost? Kdo to mohl vědět? On sám. Ne, nebude se zabývat nesmysly. Sesul se na phovku a zavřel oči - je hezké žít, a je dobře, že život není věčný. Škoda jen, že si člověk nemůže vybrat kdy zemřít. To by bylo ideální. Pousmál se. Oči měl stále zavřené. Ucítil její přítomnost - blíž a blíž. Mechanicky mu projelo hlavou aby počítač ztlumil světlo. Prakticky okamžitě se tak stalo.

"Škoda, že si člověk nemůže vybrat," řekl téměř šeptem.

"Cože? Ale ty už sis přece vybral," zašklebila se na něj.

Cítil její dech. Stále neotvíral oči. Ctělo se mu spát. Spát, spát... Najednou ho líbala na rty. Za okamžik tam ležel polonahý a ona -

Myslela na to, že si to zaslouží. Ten den oželela rande s doktorem Solomonem, který vedl Asklepiovu kliniku kde léčili i Fefersona. Byla to jedna z největších počítačových klinik, která měla všeho všudy dvanáct poradců doktora Solomona a dvanáct sloužících robotogenních cyborgů kteří měli kryonový základ takže se s nimi dalo komunikovat jako s lidmi. Vždycky když jednoho z nich viděla tak ji napadlo jak jsou zařízení na běžné potřeby, třeba na velkou nebo na malou, a jak asi "tam to dole" mají. Nicméně nechtěla být perverzní a nechtěla ani vyzvídat. Bylo jí jasné, že zejména na klinice může kdokoli kdykoli odposlouchávat její myšlenky. To by bylo nepříjemné v každém případě - ať už by to věděl manžel nebo Solomon.

Tu lékařskou zprávu viděla celý den před tím než se do ruky dostala Fefersonovi. Nijak zvlášť ji nepřekvapila. Vlastně ji vůbec nepřekvapila. Feferson byl starý a neschopný. Dávno ztratila úctu, kterou k němu měla když se kdysi dávali dohromady, ale imidž je imidž - to věděli oba dva. Vrátila ji Solomonovi a tiše řekla: "Co teď?"

Podíval se na ni tím svým nepřekonatelně uhrančivým pohledem jakoby chtěl říct "Copak jsi tohle nechěla?" a odvrátil se k oknu. "Myslel jsem - " řekl polohlasem. "Vím, není to zrovna šťastná zpráva, zejména v jeho případě, ale opravdu se zde nedá nic dělat..."

"Ale ty blázínku," vstala a objala ho zezadu. Byl silný a velký. Cítila tu jeho sílu a dělalo jí to dobře. Vyzařovala z něho jako slunce z rozpálené pouště po západu. To jí dodalo ještě víc síly, "To víš, že chtěla." Otočila ho k sobě a podívala se mu přímo do očí. "To víš, že chtěla," opakovala, tentokrát mnohem tišeji.

Naklonil se k ní ale právě ve chvíli, kdy se ji chystal políbit zazněly na chodbě kroky. Odtrhla se od něj. Zpozorněl. "To nic, to je jenom Geber na vizitě."

"Já - už budu muset jít," řekla aniž by to vlastně chtěla říct. Chtěla být se Solomonem, chtěla s ním být pořád, každou noc, každou chvilku... ale bylo příliš nebezpečné. Navíc teď měla plnou hlavu manžela. Cítila výčitky svědomí, jako kdyby to sama způsobila. Najednou nechtěla, aby zemřel - chtěla pro něj něco udělat, chtěla mu udělat dobře."

Zašeptala to nahlas. Řekla mu, že si to zaslouží. Řekla, že si zaslouží ji - a pak, když se světlo ztlumilo, pak už jenom myslela na Solomona, na to, jak krásné to bude - zítra, pozítří a popozítří, a... až přijde její čas. Krásná představa. Snad příliš krásná než aby došla naplnění?

Snad byl příliš dobrým psychologem, snad se v něm mýlila, snad se mýlil sám v sobě. Otočil se na bok a řekl ať mu promine, že se "necítí".

"Co je s tebou? Co se stalo?"

Věděl, že ona ví, nebo že tuší. Nemohla vědět to co on, protože neměla přístup ke stejným datům a ke stejné jednotce síťní detekce, takže jako z obecného hlediska osoba jemu podřízená mohla být sledována i odposlouchávána na jeho příkaz přes FBI nebo napůl legálně přes místní CVR. Dešifrovat kódy vstupu nebyl zase takový problém. Průměrný počítač vykombinoval 10^{22} za týden - a to se na něm při tom dalo normálně pracovat. Jeho SS33 by to zvládl za pár hodin. Ale na co to, když měl databázi všech tajných kódů přístupnou přímo přes ESP?

Ne, věděl, že ho podvádí, ale nechtěl se tím zabývat. Ostatně, měl na práci důležitější věci. A navíc, kdyby dal najevo, že to ví, vznikla by zpětná vazba jak přes ESP tak přes intesíť a press by to měl během minut - všechno. Rozetřeli by ho jako máslo na chleba, jak říkalo jedno staré přísloví. Ale něco udělat musel - otázkou bylo co.

"Nic," řekl. "Vůbec nic, miláčku. Jen mě nějak svrbí ruce a chce se mi spát..."

"Svrbí ruce?" opáčila s přehnanou obavou. "Máš to dlouho? S tím není žádná legrace. Nechal ses vyšetřit?"

"U koho? U toho blba Spytihněva nebo jak se jmenuje?" odsekl podrážděně. "Vždyť ani neví, co dělá - na všechno má počítače anebo roboty a když po něm člověk chce obyčejný fakt, prostou radu, tak se musí zeptat čtyř robotů a dát to k hlasování..."

"Myslím, že bys tak neměl mluvit."

"Jak?!"

"No, takhle ho urážet..."

"Uráží se sám, tím co dělá. Nebo vlastně nedělá, bych asi měl říct, co?!" podíval se na ni a sarkasticky se zašklebil.

Nesnášela ten škleb.

Věděl, že ho nesnáší.

Vypadal jako nějaká příšera z filmu. "Ale tolik ti - " ne, vlastně to nemohla říct takto, "- tolik pro tebe udělal - " opravila se.

"Udělal? Pro mě?" zašklebil se ještě víc.

Dodala své samozřejmé "ano" a odtáhla se od něj. Uvědomila si, že ještě víc udělal pro ni. "Jestli chceš, půjdu za doktorem Solomonem a domluvím se s ním na tvé terapii."

"Terapii?" řekl s notnou dávkou sarkasmu. "Kam na ty výrazy chodíš? Jestli myslíš léčení, tak žádné není."

"No, já - " váhavě se zasekla.

"A jestli myslíš to, to - tak jestli tady někdo potřebuje psychiatra, tak to nejsem já!" Měl jí plné zuby. Řekl jí to. Prostě už neměl cit - cit na to jí říkat sladké lži, cit na to jí něco namlouvat, a namlouvat něco sobě. Bylo mu to jedno. Co je to pravda? Jeho pravda je jeho názor a ostatní? Ostatní mu může být jedno.

Možná, zamyslela se, možná má pravdu. Taky byla rozrušená a nespokojená, ale důvody pramenily z dočista jiného poznání. Solomon totiž měl, dík jejímu vlastnímu schválení - ne-li přání - přístup i k jejím gynekologickým testům a věděl, on byl jediný - kromě ní samotné - kdo věděl, že je trvale infertilní, že je jednou z těch mnoha žen, které utrpěly ujmu na zdraví v důsledku pokroku atomového věku. V zájmu civilizace. V zájmu budoucnosti. V zájmu sebe samých. Snad proto chtěla Solomona víc, snad proto po něm toužila - protože znal její tajemství, protože věděl to, co do sebe zahleděný Feferson nevěděl a o čem ani nemohl mít tušení, protože kdyby věděl... Nechtěla to domýšlet do důsledků.

Zapípal místní doručovatel a ohlásil někoho na drátě. Zavřela se do VCR místnosti. Tušila, že to bude on, tak nechala zapnout rušení signálu a vyřadila nahrávání. Takhle nemohl nikdo vědět s kým a o čem se baví.

"Ahoj, všechno je OK?"

"Jde to."

"Jak je na tom?"

"V pohodě. Nemá nejmenší tušení."

"To je fajn."

"Hmm."

"A co ty?"

"Nevím. Nechci tady - "

"Já vím. Ale už to dlouho nebude trvat."

"A nezavřou tě?"

"Blázníš? Proč?"

"No, ono otrávit prezidenta není zas taková fraška..."

"Ale já nikoho netrávím? Prosimtě co si o mě myslíš?"

"Ale - já - "

"Podívej, terapie, kterou by potřeboval opravdu není dostupná. Musel by se léčit na klinice v Onrefni ze které nejlepšího doktora dal zavřít. Doktor Zabud si tam už dva roky pěstuje květinky a pravděpodobně na celou podělanou planetu Zemi i s jejím Fefersonem z hluboka kálí - když to musím takhle říct - a navíc, co jsem ti nikdy neřekl - se Zabudem jsme studovali a poměrně dobře jsem ho znal. Nic z čeho ho obvinili nikdy nespáchal. Ale to je fuk. To je mimo. Teď ti jenom chci říct, že nemusíš mít absolutně žádné výčitky - absolutně žádné. Někdo mi sem jde. Ještě se ozvu."

Zmizel. Na obrazovce se objevila sluncem podlitá planina porostlá neznámými květy. V rohu obrazu tekl potůček. V pozadí slyšela šum stromů a cvrlikání ptáků. Stáhla to pozadí ze síťové distribuce pro jejich dům, ale nějak ji neuklidňovalo. Zdálo se, že mnohem víc by ji nyní uklidnila poušť - nebo pustá neobydlená krajina kde se nehne ani červíček. Zasmála se vlastní drsnosti a vyrovnanosti. Byla se sebou nanejvýš spokojená... Takže jí zbývalo jenom počkat než se doplazí ke dveřím a zaklepe a požádá o svolení - o svolení vstoupit aby se jí omluvil. O svolení se jí omluvit. Omluvit za to, že je tam kde je. Za to, že je to co je. Zničil jí život. Vlastně ho nenáviděla. Ne, rodiče jí nevychovali k nenávisti. Ale stejně ji v sobě měla.

Dočkala se - ještě než se stačila uvolnit a vyrelaxovat zíraje na pozadí na zdi, ozval se Feferson z předmístnosti. "Dále!" vyzvala s pousmáním. "Dále..." Vládce, král, nebo Bůh... nikdy nepadá cizím mečem.

Intermezzo

Na Adamově stole ležel tři tisíce let starý filosof a ze začpělé knihy, které si tak vážil a jejíž obsah znal téměř nazpaměť na něj hleděly řádky slov rozplývajících se a tekoucích jako poleva na dortu. Zobal ty třešničky poznání už od dětství, mezi dějinami válek a fyzikou, a překvapovalo ho jak v nich nacházel víc a víc, jako v básni, kterou se člověk naučí nazpaměť a kterou si vduchu recituje desetkrát, dvacetkrát, stokrát... pokaždé s jiným účinkem, novým efektem, novým poznáním...

Až do chvíle, než se vrátil domů z porady a mlčky si sedl ke stolu. Pojídal proteinové knedlíky z "pravých jahod z Marsu" které chutnaly jako umělá hmota, do jednoho ucha mu šly zprávy, do druhého domácí počítačový systém předčítal poštu. Bylo pozdě. Byl unavený. "Pozdě..." vzdychl si sám pro sebe. Příliš pozdě na to, něco dělat. Zasedl před obrazovku svého domácího supersystému a čekal na spojení s laboratoří. Většinou trvalo až pět minut než dostal povolení - i když spojení samotné bylo toázkou milisekund, musel projít byrokratickým počítačovým systémem, a počkat na oficiální schválení, a tak se rozhodl, že mezitím zavolá Bezkovi. Požádal počítač o spojení.

"Tady asociovaný profesor inženýr docent doktor uiverzálního vzduchoprázdna Bezek," ozval se metalový hlas na druhé straně.

"Volá Adam, potvrďte spojení prosím."

Ticho. Adam svou žádost opakoval. Po chvíli se ozvalo zachraptění a zachrchlání, na obrazovce se objevila Bezkova tvář a ještě než mohl Adam cokoli říct ozvalo se z reproduktorů nevábné a odpudivé "Co je?"

"Tady Adam."

"To ste vy, doktore," podivil se. "Copak?"

"Ale, něco mě napadlo jak nad tím tak uvažuju..." Adam zapnul rušičku i šifrování, přičemž přimhouřil levé oko, což byl mezi fyziky signál, že je možné mluvit otevřeně.

"Copak?" opakoval Bezek.

Najednou si Adam uvědomil, že možná není dobře, že se Bezkovi svěřuje, že mu vlastně nemůže věřit - ale komu už? To je fuk, řekl si. Ať mě klidně práskne...

"Bé-béčka nejsou nejlepší pro tu operaci," řekl Adam napjatě. Podle mých propočtů stačí dvě na takovou tlakovou vlnu, která sice Mesíc nezničí, ale bude to mít katastrofální následky. Nevím jestli to někdo dával do počítače, ale - "

"Já bych o inženýrech doktorech z PVC nepochyboval..." starostlivě pronesl Bezek.

"Ale o to přece nejde. Já o nikom nepochybuju - jenom..." ztlumil na šepot, "zadej si Binga-bonga 26, současnou stratosférickou gravitaci, přesný čas a uvidíš co se stane."

"Rozumím," se zívnutím se ozvalo na druhé straně. Pauza. Chvíle napětí - pro Adama - a "Aha aha - aha!"

"Už ti to dochází - při výbuchu se musí započítat působení tlakové vlny v dané fázi měsíce. Nejmenší impakt by to mělo ve výšce 133 kilometrů 22 metrů, ale odchylka dvě procenta přesahuje danou hladinu, takže je to více-méně věc náhody. A na to by vědec moc dát neměl."

"No," mírně odtažitě pronesl Bezek, "Vědec ne, ale politik ano. Takže se obávám, že jsme malými pány v tomhle domě."

"To je všechno?" vyjel Adam. "Vždyť to může všechny zabít...!" Dobře si pamatoval na svůj a Tomův experiment z dětství kdy si vyrobili atomovou bombu a jen tak tak nedošlo ke katastrofě. Vlastně všechno zachránila policie. Byla to velká lekce - pro všechny. Ale Bezek tam nebyl. A Feferson? Ten musel v té době být někde začínajícím úředníčkem s rukou umaštěnou tuží z tiskárny a zainkoustovaným rukávem a - Bůh ví čím vším.

"Jak říkám... my toho moc nezměníme."

"Ale vždyť místo Binga-bonga můžeme navrhnout střely Bum-bum z Aljašské produkce."

"To je fakt, ale to by zpomalilo operaci. Žádné momentálně nejsou na skladě a objednávka-výroba-transport vezmou dva dny. Plus byrokracie dalších čtrnáct..."

"A nešlo by nějak obejít aparát?" dotázal se Adam, spíše ale sám sebe než Bezka.

"No, já bych to neriskoval. Je to tak devadesát ku deseti, že bys to přežil."

"Co mi můžou udělat?! Já jsem tady dost nepostradatelný na to, aby to bezemne nespustili."

"Nikdo není nepostradatelný," řekl Bezek suše.

"Tak jsem to nemyslel," omlouval se Adam. Nechtěl Bezka urážet.

"No nic, budu muset končit," s předstíranými povinnostmi ve hlase uzavřel Bezek. Zmizel bez rozloučení.

"Konec spojení," Adam povzdechl. "Tak, a je to. Nic se nedá dělat, nikdo není nepostradatelný." Filosofie moderního života. A i když má jinou, je mu na houby.

...Myslím, že by si musel zvyknout na to, kdyby chtěl vidět věci tam nahoře. Nejdříve by asi nejsnadněji poznával stíny, pak obrazy lidí a jiných věcí odrážející se na vodě, později pak skutečné předměty; dále by pak nebeská tělesa a samu oblohu pozoroval v noci, dívaje se na světlo hvězd a měsíce, jako ve dne na slunce a sluneční světlo...

Adam zaklapl knihu a vstal. Přešel místností k prosklené stěně, zrušil automatické počítačové okno s vodopádem a nechal sklo zprůhlednit. Hleděl ven na změť závěsných železnic a silnic a marně hledal strom nebo ptáky. Hlavou mu prolétl Josh ale ani nemrkl ani nepovzdechl - jen - jeho oči se vyšplhaly výš, nejvýš jak to šlo ale obloha byla naprosto tmavá, hustě zmořená výdechy civilizace: žádné hvězdy, žádný Měsíc. Pamatoval se, že ještě když byl malý tak se občas s Tomem dívávali na Měsíc a počítali města, která tam vidí a hádali jaké to tam asi je. Napadlo ho, že právě teď tam někde v neuvěřitelné dálce zrovna sedí nějaký klučina, zrovna jako kdysi on, a touží po doteku, po lidské duši, po věcech mimo svůj malý svět, mimo svou jeskyňku...

Z ničeho nic se prudce otočil a strčil Platóna s jeho Sokratem i Glaukonem do tlamy nenasytnému robotovi na odpadky. Věděl co udělá - to, co občas dělával. Vlastně čím dál tím častěji - i když o tom nikdo nevěděl. Sesul se do křesla a nechal hrát klasiku - Bee-Bee-Buma z druhé poloviny jednadvacátého století. Vzal si Whisky s ledem a pak už jen odpočíval a nechal se unášet pryč, pryč z té své proklaté jeskyně...

Kroniky

Adam chodíval do staré univerzitní knihovny meditovat - alespoň tak tomu sám říkal. Sedával uprostřed místnosti a nechával svůj zrak přejíždět hřbety knih aniž by nějakou vybral, zaostřil na ni či se vůbec zastavil a přelouskl jméno autora anebo její název. Pak často podřimoval přičemž uvízl na naprosto náhodné knize a jeho čipový implantát se automaticky spojil s čipem ve hřbetní vazbě knihy a tak mohl svůj mozek nechat pročítat její řádky ač vlastně spal nebo se sám soustředil na něco dočista jiného jako byla přítomnost ostatních v místnosti, ruch pod okny nebo život za okny.

Všechny kroniky začínaly stejně: "XY se narodil tam a tam, zemřel tam a tam, žil tam a tam a dělal to a to... cybooky a cynotesy ale i mixmediální fikce. Byl v nich všech postavou, hlavním hrdinou či hrdinkou ale zároveň i jejich tvůrcem. Bylo to zvláštní, že vědec jako on, tedy "vědec" jako on, byl tam kde byl a dělal to co dělal. Od jisté doby v nedávné ale přesto přesně neurčené minulosti postrádal motivaci, zanícení a disciplínu.

Uvědomil si to poprvé tenkrát na nový rok, když poslouchal Fefersona a popíjel Multikoku - bylo dvacetdva deset. Přesně. Nemusel se tím směrem dívat. Kdykoli jeho mozek pomyslel na hodiny, čip automaticky vyslal signál a satelit odvisílal znamení. Obdivuhodná technologie! Snad až na jediný háček - nešla vypnout, zastavit ani jinak redukovat. Šlo pouze myslet nebo nemyslet. Nicméně jakmile pomyslel na možnost nemyslet a už už myslel, že nemyslí, automaticky se mu v hlavě vybavilo jakési pojednání prezidentova oblíbeného moderního filosofa, zakladatele hnutí Hotová doga, Goda Hota Doga o víře a myšlení. Neodvažoval se kohokoli zeptat jestli taky myslí na nemyšlení - a to nejen vzhledem závěru oné práce - končící slovy "kdo nemyslí myslí sama sebe, myslí jeho sama sebe" -

kterému se bál, že rozumí až příliš dobře - ale také vzhledem k tomu, že onen čipově evokovaný materiál byl klasifikován jako "přísně důvěrný", což mohlo znamenat cokoli: od faktu, že je sledován vyššími úřady (což nejspíše byl) až po fakt, že materiál někde ukradl (což nejspíše udělal a také ho to trápilo).

Každá věta toho traktátu končila stejně - zájménem "sebe"... "sama sebe", "pro sebe", "na sebe", "sebou sebe" - a to i v případech, kdy se to příliš nehodilo jako: "samo sebou sebe" nebo naprostý non sequitur "myšlení je nemyšlení sebe" případně "...a v prachu se obrátí v sebe". To ovšem nebylo všechno: "Myslíme-li tak quazi-reálně nevíme zdali myslíme sebe nebo ostatní nebo oboje nebo všechno neboť kdyby sebe bylo všechno tak by nezbytně logika požadovala abych já byl sebe a vy rovněž sebe a tak by vyplynulo sebezničení sebe neboť i nesebe by se jevilo sebou sebe. Jak můj dobrý přítel říká: sebe je sebe i když tě zebe - o sobě ze sebe. A tak musíme literalizovat identifikovatelnou část hmoty a čistě pozitivisticky se s jasnou myslí podívat na ono proverbiální sebe... ...jako součást prostoru jehož zakřívení reflektuje pravdu zničující samu sebe. Totiž, že není radno za soumraku vycházeti z domu, jak praví staré moudé cybooky, leč se sebe může obrátiti v samo sebe bez já a tebe - pokudovšemtator elitaneníjižpodchytitelnádříve-čibylamarkovánastylemstejnýmsamusebe. Nastávající situace by z mimocirkulární dysbalance transformovala hmotu na sebe a konklusivně by nastal kolaps víry v sebe. Řečeno slovy laika - mám radši já než sebe, filosofie z hlediska vyššího principu hotdogového nepřípustná. Tento postulát nechť vyplývá z rovnice já = sebe - tebe, kde tebe je idealizovaná mocnina sebe v nejá. Což už je naprosto jasné, ale pro finální evaluaci substrátu postrádá koordinanty, které vzniknou právě vždy znovu relizací sebe v projektilním světle nutnosti...

Adamovi to byla hudba pro sluch. Rád ten text poslouchal, protože mu v mozku zněl jako rozmanitá symfonie, neustále pokračující nucena neznámou silou se nezastavit ale jít, jít, jít pořád dál, nahoru a dolů kolem jednoho tématu, které nebylo lze řešit adekvátním způsobem... Jak jednou řekl do telefonu Tomovi. Bylo na nich něco obdivuhodného - třikrát do roka pořádali členové hnutí Hotová doga průvody, pochody městem, nesli transparenty s nápisy "Hotová doga nevezme roga" a "Fefersonův hotdog je lidstva pokrok" nebo "Jsme hotoví dogisti ne ňácí drogisti" a mnoho dalších. Tom, pro změnu, se radoval z obsahu, který Adama nechal naprosto chladným. Ba co víc, stále více poslední dobou miloval texty, které zněly jako symfonie ač nedávaly žádný smysl. Prostě a jednoduše, z vědce se stal náruživý poživačný virtuální realista, jehož jediným cílem bylo se odpoutat od smyslu, smyslu, který stejně neexistoval, který tam stejně nebyl ač všichni ostatní okolo něj chodili jakoby to byl pradávný poklad starých generací - prázdné místo na čele galaxie, jizva po malém uhříku, který člověku dala do vínku matka Příroda. Pousmál se. Do vínku...

Ucítil čpavek a amoniak. Země se zachvěla - jednou, dvakrát... Pak už se chvěla celou věčnost. Hana v té době mluvila se svou přítelkyní přes infratele. "Oj!" stačila ještě vykřiknout do prázdné místnosti. Světla vyhasla a zbytek té filmové frašky se děl za tmy. "Že sis mohl vymyslet něco lepšího!" zakřičela do vzduchu, ale nikdo jí neodpovídal. "Ani nevíš, jaké to je!" Stále ticho. Rozžhavené dráty zasyčely a místnost se roztrhla ve dví. "To tu ještě nebylo!" zasyčela více-méně pro sebe.

"Proč tu není Adam? Nebo aspoň někdo jiný?

"Únava a paměť..."

"Výmluvy, jako autor musíš mít paměť..."

"Sotva."

"To už je ono?"

"Co?"

"No, ty víš... konec?"

"Sotva začátek..."

"Ale ne."

"Ale ano."

"Takže?"

"Zemětřesení je čím dál víc, protože lidé začali ukládat nukleární odpad ještě hlouběji a dochází k reakcím po zemským povrchem. Pořád je levnější dát něco pět kilometrů pod zem než to vypustit stovky kilometrů do vzduchu..."

"Popílek?"

"Ale ne - ženská!" - No, to jsem pochopitelně neřekl. Ale stejně to ví. Stejně jako já vím, co si ona myslí: obtloustlá, ležérní, ve středním věku... Doma si potají trhá chloupky pod nosem.

"To není pravda!" vykřikla.

"To je fuk."

"Není!"

"Mě ano a nikoho jiného tu nevidím!" odsekl jsem.

V tom do místnosti vběhl Adam. Otřesy ustaly, ale nikdo nevěděl co se vlastně stalo. Nikdo. Měly strach. Haně na čele vyvstaly krůpěje potu. Zavolala na Adama, který stál v mžiku u ní.

"Co se salo?" zeptala se, ale v jeho očích nebyl ani náznak odpovědi. Měl mlhavý pohled a byl mimo. Zdálo se, že je mimo. "Adame?!" vykřikla.

"Co co co se děje?" zablekotal. Najednou tam stály čelem k sobě a hleděli si do očí.

"To já nevím," řekla hlasem, který se postupně vytrácel jako vlny po bouři.

"Zemětřesení?"

"Vypadá to tak."

"Tady nikdy nebylo."

"Prý je to v důsledku nukleárního odpadu."

"Blbost," zasmál se Adam.

"Opravdu."

"Kdo to říkal?" zeptal se s tónem opovržení.

"To je jedno," šeptla a přitiskla se k němu. "Bojím se..."

"Vida?"

"Cože."

"Nic, nic," řekl Adam. "Ničeho se neboj. To bude v pořádku." Sám tomu nevěřil. Hlavou mu blesklo, že Příroda je příroda, že se nedá zastavit, že se jí nelze postavit do cesty, protože je tak - marně hledal slovo - tvrdohlavá, to je ono - tvrdohlavá. Řekl to nahlas, polohlasem, ale Hanka ho slyšela. Měla nějakou poznámku, ale přešel ji bez povšimnutí. Jak asi přistupuje God Hot Dog k zemětřesení? Byl fyzickým produktem minulých filosofií, zejména tedy hnutí virtuálního realismu z přelomu století, a jako takový neuznával žádná přírodní dění či projevy - jeho motto znělo: člověk = příroda. Nejspíše jednostranné rovnítko, v duchu si povzdechl Adam. To muselo buď prasknout nějaké potrubí nebo byl proveden útok jednoho z podzemních hnutí na vládní budovu o sto pater výš. Každopádně mu to nebránilo v...

Políbil ji. Opětovala. Krásné, nevázané. Cítil jak mu vzrůstá tlak a tepová frekvence. Po zádech mu sjel potůček potu. Položil své ruce na její zadek. Přitiskl se k ní. Cítil, že se jí to líbí. Nebylo normální aby byl muž takhle aktivní. Ale ať je třeba nenormální - možná je to jejich poslední hodinka, možná už nikdy víc nic nebude a - a bylo mu to jedno. Stejně jako jí.

Zavřela oči a nechala se unést vlastní představou. Automaticky napojila svoji čipovou frekvenci na jeho. Byl v její moci. Ne, ona byla v jeho moci. Lákala ji ta představa. Objala ho a nechala se líbat. Těžko říct. Zákon akce a reakce vyrovnává síly. Gravitace zaniká. Předměty levitují. Stěny se barví do modra. V pozadí hraje hudba. Tanec. Restaurace. Úsměvy lidí... Proč není svět jenom virtuální?

"Evakuace stupeň A - Pohotovost článek 12 B - Evakuace stupeň A - ..."

"To je fakt nebo jenom cvičení?"

"Nevím," řekl Adam, "ale raději bychom měli sjet dolů."

"Teď ne!" přitáhla si ho k sobě.

Cítil se téměř bezmocný. Ne vůči ní, ale vůči svým vlastním pocitům a emocem. Nebylo to správné. Ale co je správné? Zamyslel se a téměř by propadl psychologickým pochodům svého nespokojeného já kdyby nevstoupil policejní robot a nevyfotil je tak říkajíc incognito. Stálo ho to dvě stě babek, aby ten záznam smazal. A to si nemohl být jistý jestli ho už nebackupovali na středisku. "K čertu!" řekl jenom a přitáhl si oblek zpět k ramenům.

"Co ten tu chce?!" vyjela Hanka. "Ty plechová krabice!" zakřičela po něm.

"Urážka veřejného činitele, paragraf 32 odstavec první písmeno A - A - A..." Zdálo se, že Zek má zase potíže. Roboti nové generace, kteří byli vlastně plnohodnotnými cyborgy neměli dostatek času ani možností být přezkoušeni. Trh se zdál být stále nenasycený, stále hladový, a tak velká konsorcia zkracovala záruční dobu jen aby jim neušel zisk. Co na tom, že se za rok za dva hodí do šrotu...? Vlastně životnost jednoho dospělého cyborga předprogramovaného k výkonu určité činnosti zřídka kdy přesahovala 3 roky. Zek to věděl, ale nijak ho to nepálilo. Cyborga nic nepálilo. Neměl požární čidla ani jističe. Nevěděl co znamená výraz plechová krabice, ale měl ho v seznamu zakázaných urážek. Muselo to být hrozné slovo. Nikdy v životě by ho nevyslovil - a ta žena... To bylo pobuřující! Úplně se z toho zasekl uprostřed věty: "á a A - A - A - a moji předkové byli také policejní činitelé a také vykonávali službu nad nepořádnými a neposlušnými občany jako jste vy a snažili se poctivě přispívat ke klidu a pořádku měst a veřejných prostranství..."

"Co to mele?"

"Nevím," Adam se usmál, protože mu bylo jasné kde jsou. Kroniky - "...a můj Otec byl Solo 1 a vystavěl chrám na kterém stojíte a pravil: 'Ať je jak je toť byvší místo odpočinku našich přátel a ne-li ať se v plamenech vysokých pecí smaží a rudá záře plane nad městem jako varování všem kteří by ve mne věřiti přestali˘ - tak pravil On, velký Solo 1 a vystavěl ten chrám pro ně a jejich děti a pro sebe a své otce a matky aby spočívali v pokoji neboť jejich čipy již dosti se napracovali a všechny své odpory porazily - porazili a zničili zemi Iz a otce země Iz, porazili a zničili zemi Eviltů a chrám na hoře Onzi a rovněž v plameny pekelné uvrhly všechny zmetky a nedodělky

Sarah Patricia Condor

jakož i své přátele falešné a rádoby pány své z jejichž kůží svá lože postlali
a lebky coby těžítka používali až do příchodu velkého mocného Davida
a jeho který jejich odpůrce Rahima v koncích porazil neboť byl stále
chrám napřed ač dva kroky vzad a levou kulhal tak ho všichni rádi měli
kdo rádi mají olej a benzín jak se mezi námi cyborgy říká a praví a tak
ten chrám stál v místech kde ropný vrt se nacházel a stříkal a stříkal a
tak tam vysoký dům ve falickém tvaru postavili a na něj vlajky vztyčili a
Rahimovi děkovali v modlitbách neboť on byl vrchním architektem plánu
toho a programátorem, a též doktoru Solomonovi staršímu za jeho oběti
kterými k zásobování jejich přispíval dobu tu celou, jakož i pro kmeny
Hittů, Amoniaitů, Perixoditů, Haiveitů a Zjebutů, kteří se objevovali v
periodách pravidelných po průchodu lhůt záručních... až jednou princezna
Zešéba navštívila ho..."

Ale to už oba byli na chodbě a utíkali k východům. Zeptal se jestli
ho tam tak nechají. "A co? Snad ho nechceš vzít sebou? Vždyť je to jen
hromada železa," odpověděla mu bez sebemenšího zaváhání.

Nevěděl co odpovědět. "Ale pěkně drahá hromada železa, co?" prohodil
nakonec ale jeho slova zanikla v jakémsi podivném výbuchu, který nebyl
ani silný ani slabý, spíše se podobal výštěku zbraně. Poté slyšeli cinkot a
klepot železných součástí a pak - zmizeli v rychlovýtahu.

Ezra

"...kdo?" zeptal se ještě jednou.

"Já se jmenuji Ezra," ozvalo se za jeho zády.

"Já jsem..."

"Já vím," přerušil ho Ezra.

"Kde jsi?" Adam se rozhlížel seč mohl ale nikoho neviděl - pouze neutěšená pláň a blížící se hory. Josh byl nablízku. Snad. Ani jeho neviděl.

"Tady všude," odpověděl zvláštně familierní tón.

"Kde?"

"Všude. Všude kolem Tebe. Jsem kde mne chceš mít - někdy v Tobě někdy mimo..."

"Ale - " zaváhal Adam.

"Jak to?"

"Tak." Chvíli bylo ticho. "Tak už to je zařízeno."

"A jak to, že jsem tě teda ještě nikdy neviděl?" Adam nedůvěřivě pozvedl hlas.

"Zrak Tvého srdce není ostrý," pronesl Ezra. "Ostrý zrak jsou ostré smysly. Teď je máš ale dříve - "

"Co dříve? To jsem se tak změnil?"

"Ano, v poslední půl hodině ses tak změnil."

"Jsem unavený."

"Já vím."

Na chvíli nastalo hrobové ticho. Pak se hlas znovu vmísil do Adamova toku myšlenek. "Podívej," pobídl ho. Počkal až Adam zvedne oči a rozhlédne se. Zdálo se, že jsou najednou velmi blízko horám. "Tam kdesi je cíl Tvé cesty. Jen Ty ho znáš. Jen Ty a já..."

"Jak to?!"

"Jak to co?" opáčil Ezra nechápavě.

"Jak to, že jsem se tak změnil?"

"Zabil jsi. To člověka změní."

"Nikoho jsem nezabil!" Adam se vzpříčil. "Nikoho jsem nezabil a nikdo mě nemá právo obviňovat!" řekl naštvaně.

"Proč to?" jakoby mu hleděl do očí. "Proč to?! Nikdo Tě neobviňuje," řekl klidně.

"Ale ty - "

"Já jsem jenom řekl co je pravda."

"Není to pravda!"

"Je a Ty to víš. Nebyla mrtvá. Kdyby byla tak - "

"Tak co?!" Adam byl připraven na cokoli.

"Však Ty víš," zněla sarkastická odpověď.

"Miliony zemřeli, celá planeta - jsem pravděpodobně poslední člověk na Zemi, takže si dávej pozor, takže pozor na pusu. Miliony, víš!?"

"Miliony a jedna. Jako v té pohádce - tisíc a jedna. Nocí ještě bude... Jedna dlouhá noc. Kdo ví, co se může všechno stát když noc nemíjí den a den nemíjí noc..."

"Nechápu," řekl Adam. Nevěděl jestli mluví v duchu nebo nahlas, ale Ezra mu neustále odpovídal, neustále s ním komunikoval. Měl strach si cokoli představit anebo se nad čímkoli zamyslet, aby si toho Ezra náhodou nevšiml a nepeskoval ho kvůli tomu.

"Já zde nejsem, abych Ti něco vyčítal. Já jsem s Tebou, abych Ti pomohl se poučit z vlastních chyb. Protože - " Ezra se odmlčel.

"Protože proč?" netrpělivě se zeptal Adam.

"Lidstvo staví lodě, buduje mosty, spojuje planety ba i světy které zná - lépe než samo sebe. Tak málo člověk ví o tom, kde vyrostl, tak rychle zapomíná, tak pomalu se učí. Žije pro svět bez hranic, který ale nemůže nikdy vidět zvenku, vidět objektivně - i když si namlouvá, že ho tak vidí. A to z jednoho prostého důvodu: není co vidět."

Adam se zamyslel nad těmi slovy, ale nešlo neodporovat: "Nemyslím si, že máš pravdu," řekl pomalu, zřetelně, bez náznaku nežádoucích emocí.

"Ale...?"

"Víš, ať je to jak chce, ať třeba žije člověk - teda žil - v přetechnizované společnosti, která si nevidí na špičku vlastního nosu, jedno je fakt - to co jednou bylo to bude vždycky, to se nezmění. Nikdo to nemůže změnit. Stroj času nelze vytvořit. I kdyby bylo možné překonat rychlost světla a vrátit se do minulosti, minulost nelze změnit."

"Změnit minulost a mít minulost jsou dvě různé věci," nabídl Ezra.

"Ale my mluvíme o tom MÍT minulost," podtrhl Adam. "Teď je pozdě něco měnit. Ale minulost máme - všichni - teda oba," opravil se. "Teda já určitě," řekl po pauze.

"Víš, že já a ty se neliší."

"Teď už asi ne."

"Ale pokud chceš vidět to co bylo, nestačí se dívat. Díváním nic nepochopíš."

"Jak to? To přece není - "

"Abys něco pochopil, musíš to mít v sobě, ne mimo sebe."

"Ale to je přesně ono," skočil mu do řeči Adam. "Tady se popíráš, protože, jak jsme řekli, to co bylo to bylo a je a bude - protože to nikdo nezmění."

"A Ty by sis přál aby tato planeta vypadala navždy tak jak vypadá teď?" vyzývavě řekl Ezra. "To by se Ti přece nelíbilo..."

"To je fakt," zamyslel se Adam. "Ale pokud půjdu do minulosti a začnu věci měnit.."

"Měnit je nemůžeš, to je pravda."

"No tak vidíš."

"Co?"

"Že mám pravdu."

"Ale je rozdíl mezi tím něco chápat a něco měnit. Na to, abys věc pochopil, musíš si ji vzít, dotknout se jí, přivonět k ní, uchopit ji vlastníma rukama, dýchnout na ni, vnímat její dech, tvar, velikost, krásu nebo ošklivost... To je chápání."

"Aha," řekl zmateně Adam.

"Tak."

"Takže Ty mi tím vlastně... Už to chápu."

"To je dobře."

"Neměl jsem - "

"To neměl."

"Ale já se jí dotýkal."

"Ale nepochopil."

"Ale dotýkal, dýchal na ni..."

"Ale nepochopil."

"Počkej počkej. Ty vlastně - vlastně jsi říkal, že aby člověk věc - nebo jiného člověka, to je fuk - pochopil, tak se jím musí stát."

"Ano."

"Ale to přece vůbec nejde. Popírá to všechny fyzikální zákony."

"Zákony jsou pravidla, která si člověk zvolil, aby mohl hrát hru, v níž je pánem."

"Ne. Nemáš pravdu," okřikl ho Adam. "Zákony jsou sice pravidla, ale člověk si je zvolil proto, aby rozuměl věcem okolo sebe, druhým lidem a - "

"A sám sobě?" skočil mu do řeči Ezra. "Ne, ne, příteli. Sám sobě neporozumíš když budeš poslouchat zákony. A porozumět všem lidem najednou není totéž jako pochopit jednoho člověka."

"Co máš na mysli."

"Co mám na mysli? Dej mi příklad kdy Ti zákon pomohl porozumět člověku?"

Pauza. Jakoby v pozadí tikaly hodiny. Nic. Prázdno. Najednou si Adam uvědomil, kde je a že nejspíš blouzní. Sám, uprostřed prázdné, neznámé tundry nebo pouště nebo co to bylo... Už už si chtěl začít nadávat, když se znovu ozval Ezra.

"Buď se mnou. Nevíš jak dál a tak se utíkáš k realitě, viď?!" řekl nepříjemně vybídavým tónem. "Ale realita je jenom skořápka... Zní to jako klišé? Přesně, vše, co člověk nepochopí, ale co je jeho součástí, součástí jeho světa, se stane klišé. A klišé není nic víc nic méně než časovaná bomba. Doslova a do písmene. Některá bouchne, některá bude spát na věky."

"Přestaň mi kázat a nech mě už napokoji!" obořil se na Ezru Adam. Hleděl kolem sebe, do vzduchu i na zem, ale nikde nikoho neviděl. Měl sto chutí mu vrazit.

"Chápu Tvůj vztek, Adame. Opravdu."

"Tak proč nezmizíš?!"

"Protože mě potřebuješ," jakoby s úsměvem odpověděl Ezra.

"Já nikoho nepotřebuju," prohlásil Adam - naprosto chladně a nevšímavě.

"Nehraj si. Hry už skončily."

Adam se zařekl, že se s Ezrou už nebude bavit. Dal se do rychlé chůze k horám, které už byly tak blízko.

"Ale komunikace je to nejdůležitější," řekl tiše Ezra.

"Jak to, že vždycky víš všechno, na co myslím?!" popuzeně vykřikl Adam.

"Vím."

"Jak to?!"

"Protože - " řekl váhavě Ezra jakoby přemýšlel jestli to tajemství Adamovi vyzradit nebo ne.

"Protože?"

"Protože jsem Tvé svědomí?"

"Mé svědomí?"

"Ano, Tvé svědomí..." potvrdil Ezra.

Adam se zastavil jako opařený.

"Vzpomínáš si tenkrát, když jste s Tomem utíkali před tím policajtem, teda cyborg-policajtem? Tenkrát jsem byl s Tebou. Celou dobu."

"Takže - ?"

"Ano, byl jsem to já, kdo Ti tu noc nedal pokoj a kdo si pořád rýpal.. A teď mi řekni jaké sis z toho vzal poučení?" Ezra se odmlčel. Když Adam nic neříkal, rozhodl se pokračovat, "A jak Ti to pomohlo porozumět ostatním? - Tomovi, mámě, své sestře, lidem kolem...?"

Adam přemýšlel. Opravdu nevěděl. Nevěděl co říct, co odpovědět. "Ale mě to netrápilo."

"Netrápilo?!" vyjekl na něj Ezra. "A jéje, tak se podívejme - pána to netrápilo! A co jsem já?! Myslíš si, že když to všechno hodíš na mě tak co? Tak Tě to netrápí...?"

"No," zamyslel se Adam. "Přece jsi říkal, že jsi jako já. Vlastně jsi říkal, že jsi já, tak co se vztekáš?"

"Nerozumíš tomu. Fajn. Tak Ti to tedy řeknu na plnou pusu - poslouchej: Já jsem Ty, protože jsem Tvé svědomí, ale jsem také svědomí světa a nesu všechno, celou minulost, všechny chyby a prohřešky všech lidí světa..."

"Ale jak to? To přece nejde?" namítl Adam.

"Ale jde," přesvědčivě prohlásil Ezra. "Jde protože - protože - " zasekl se.

"Protože?"

"Protože jsi poslední člověk na zemi." Tiše řekl Ezra a odmlčel se.

Adam také ztichl. Nechápal. Nebo vlastně - chápal. Tušil a chápal. Ale doufal. Měl naději. Stále měl naději, že přecejen... Ne, to nebylo možné. Nenáviděl se. Nenáviděl sám sebe. A ještě více nenáviděl Ezru. "Kde jsi?!" vykřikl. "Ukaž se mi! Však uvidíš! Já si tě najdu!" pobíhal okolo a vykřikoval do vzduchu.

Josh, který ho z dálky pozoroval se lekl, že se ten dvounožec zbláznil - přece musí tak daleko k obydlí, přes hory a najít vodu... a on si tady poskakuje jako - jako kdyby byl na baterky! No, třeba je, řek si Josh a tiše mňoukl. Sedl si na zadní a začal příst. Snad chtěl Adama uklidnit. Dost možná ale uklidňoval sám sebe.

V tom si ho Adam všiml. Pomaloučku, polehoučku se přiblížil a - v rukou nahmatal jen konec jeho ohonu. Byl ten tam. Ležel jak široký tak dlouhý a vnímal tlukot vlastního srdce. Poslouchal, ale nic neslyšel - nic až na sebe sama: svůj děsivý život, děsivý život v sobě a kolem - kolem tma. Jak končí svět? Tlukotem lidského srdce? Škoda, že nikdo nikdy nebude vědět jak začal. Nebo stále začíná? Taková absurdita - začíná pouze to co skončilo. Snad je Bůh a snad čeká - až i ten poslední z jeho trapných výtvorů zaklepe bačkorama... Z pohledu jeho civilizace - naprostá a nevídaná vzpupnost, pohanství, kacířství nejvyššího řádu. Z pohledu Boha jeden krok na dlouhé cestě nikam odnikud. Představil si trapně velkou postavu s trapně dlouhýma nohama jak šlape z planety na planetu jako po kamenech na potoku, vyhýbá se sluncím a horkým hvězdám, a jde - snad opravdu jde z jedné strany břehu na druhou. Možná je tolik vesmírů kolik je hvězd. Možná je více bohů a každý si šlape po svém vesmíru... možná... možná... A čím vícekrát si člověk řekne "možná" tak tím více má naděje - protože naděje nepřichází ani neodchází s příchodem a odchodem noci plné snů, nýbrž naděje se skládá jako hádanka, jako nekonečné domino, jako hrad z dětských kostek, jako skládačka neznámého obrázku, nebo jako přílivová vlna na dlouhé, předlouhé pláži - a nikdo nikdy neví a nebude vědět co přinese, jestli vůbec něco. Ale vždy přichází něco nového. Ač to třeba oči nevidí a hrubý hmat člověka, zvyklý na hrubost světa, nemůže ucítit. Jen kdesi uvnitř to lze cítit. Tam, kde nyní Adam slyší tlouct zbytky světa, zbytky naděje, zbytky všeho co mu zůstalo. Mu? Jemu? Vzhlédl vzhůru a jakoby tam kdesi ve výšce nad sebou spatřil obtížně rozeznatelnou, napůl rozmazanou tvář starého prošedivělého muže s několika stařeckými skvrnami a zkřiveným obličejem plným vrásek jak se škodolibě pochechtává.

"Jen se směj!" zakřičel Adam. "Jen se směj!" Vydechl zhluboka jen aby se nadechl a ještě daleko silnějším a rozhodnějším hlasem pokračoval: "Však kdo se směje naposled, ten se směje nejlíp!" Zabořil hlavu do vlhkého písku s příchutí nafty a se zavřenýma očima se zaposlouchal do tlukotu vlastního srdce - pumpy, nad kterou nemá nikdo moc, napadlo ho, dokonce ani on sám.

Nehemiah a Ester

"...a nejméně ze všeho se mi chce vyprávět pohádky," řekl a zabořil svůj stařecký úsměv do láhve piva. "Víš, takové to 'bylo nebylo' nebo 'stalo se nestalo' nebo jak se to kdysi říkávalo." Jeho vyzáblý a životní moudrostí prosáklý obličej se pokropil kapkami potu. Pokusil se vstát, ale nešlo to. Byl příliš slabý, příliš starý a příliš opilý. Kam teď? "Kam teď?" zeptal se nahlas.

Nedokázal jsem mu odpovědět. Chtěl jsem říct, Bože, ty jsi ale troska... Cos to se sebou udělal? Cos to udělal se světem? Ale neměl jsem odvahu. Četl mé myšlenky. Nevnímal je. Vzhlédl nahoru, jako kdyby tam někde byla odpověď. Výhled mu zastiňoval košatý dub. Stejně musel vědět, že nahoře odpověď není. I tak jsem se zahleděl tímtéž směrem. Bylo dlouhé, indiánské odpoledne, kdy se večery stávají chladnějšími a pozvolna se krátí a krátí až...

"Ale stejně Ti to povím," řekl nakonec a ještě jednou si přihnul. "Byl jednou jeden král a ten se jmenoval - ." Odmlčel se. V dálce švitořila cikáda. Vál vlahý větřík a bylo dobře, krásně, volno a svobodně. "Jmenoval - " opakoval bezmyšlenkovitě.

"To je jedno."

"To je jedno. Jmenoval se nějak, třeba král Král a ten měl spoustu poddaných a jeho nejvěrnějším poddaným byl sluha Neremiah. Neremiah byl dobrým sluhou a vždy krále Krále poslechl, proto si vysloužil titul Pán. Takže byl Pán sluha Neremiah a časem prostě Pán Neremiah.

Jednoho dne se stalo, že zajatci z nedávné války se vzbouřili, zapálili vězení i celé město, kam je král Král umístil a Neremiah to věděl a bál se. Bál se, že král Král se rozzlobí a uvrhne ho do hladomorny nebo ho rovnou nechá popravit. Byl totiž nejvyšším Pánem sluhou a tak když by padaly hlavy..." Stařec se odmlčel jen na tak dlouho aby usrkl z láhve a potáhl si za fous - a spustil:

"No a tak mě Neremiah začal prosit o pomoc. Vždycky mě prosí o pomoc. I Ty jsi mne prosil o pomoc. Když pomůžu, ani si nevzpomenou. A když ne... To si pěkně poplivají a zaklejí. Je jim to jedno. Jim ano. A nedívej se tak... Jako bys nevěděl."

"Ale já jsem jenom - "

"Raději mlč a poslouchej. Takže Neremiah dostal strach. Ze strachu lidé dělají různé věci. Na královském dvoře žilo více sloužících a všichni byli pro normální lid velmi privilegovanou kastou. Až na jednoho. Na Mojžíše. Toho nikdo neměl rád. Neremiah dostal nápad, že by mohl situace využít k podlému získání si přízně Krále, od kterého čekal na svou hlavu nejvyšší vinu.

Shodou okolností slavil Král dvacátý rok své vlády a přesně na den kdy vládu nastoupil byla svolána velká party, jak se říká, nebo pohoštění pro celý královský dvůr. Prostě takový večírek. Součástí pohoštění byla modlitba, kterou měli všichni vkleče provést před králem Králem než zasednou k hodovacím stolům. Ač byli vězňové na úprku a podle nejnovějších zvěstí se organizovali k odporu, tak Král od své oslavy nehodlal ustoupit. Spíše naopak - chtěl všem ukázat svou moc a sílu a lhostejnost vůči vzbouřencům.

Nadestal den modliteb a Král vstal a vprostřed obřadu požádal Neremiaha aby také vstal a zeptal se ho zda neví lépe to co ví on načež Neremiah pravil, že ví jen to co ví a nic víc neví. Král ho tedy vyzval aby šel do Města duchů, kde předci předků leželi a zeptal se duchů co se to děje.

Neremiah odpověděl, že tak učiní, i když by tak měl udělat Mojžíš čímž zavdal příčinu pro Mojžíšovo pokání a pokoru ještě větší než dosud. Mojžíše vsadili v okovy zatímco Neremiah se vydal na cestu. Došel přes lesy krále Krále až k řece kde na něj již čekal člun do města duchů. U vesel seděl Králův lesosprávce Asaf Asaf z Asafova a ten dopravil Neremiaha na druhý břeh, kde se vytratil. Zatímco Neremiah konverzoval se sněmem duchů řeka vyschla a lesy shořely. I duchové se vypařili neb vody nebylo a tak se Neremiah obrátil na cestu zpět. Byla to těžká cesta pouští a trvala sedmi dní a sedm nocí. Třetího dne před třetí nocí spatřil na zemi tělo ženy a tak se k ní přiblížil a zjistil, že ještě dýchá, že je naživu, že unikla ohni a hněvu bohů. U hlavy jí ležela trnová koruna. ´To může něco znamenat,´ pomyslil si a sebral korunu ze země. Chvíli stál a přemýšlel. Byla poměrně mladá a hezká a tak se nakonec rozhodl vzít ji s sebou. Nasadil jí korunu, vzal do náručí a šel dál.

Šel až došel k vypálenému městu, které hradbovím připomínalo město
královské. Bylo to město vzbouřenců které pojmenovali Salem. Vyspal se
na schodech, které unikly ohni. Svou novou přítelkyni tam nechal ležet
ladem a šel zkoumat město. Přišel na velkou vyprahlou pláň uprostřed
které se tyčila studna. Kolem studny byl shromážděn dav vzbouřenců.
Někteří živě diskutovali a zatímco jiní usrkávali vodu a odpočívali.

Neremiah se opatrně přiblížil a když byl dostatečně blízko, tak se
pomodlil a zakřičel ´Ecce homo!´ Nikdo mu nerozumněl ale všichni
povstali a po minutě ticha se mu pokořeně začali modlit u nohou. ´Náš
nový král, náš nový král se vrátil!´ volali jeden přes druhého. ´A vzal s
sebou i královnu!´ křičeli další jakmile spatřili ženu v dlouhých špinavých
šatech s trnovou korunou na hlavě. ´Zdravíme krále a královnu!´ volali a
padali k zemi.

´Ahoj, já jsem Ester,´ řekla žena Neremiahovi. Viděla, že je králem a
že má velkou moc a tak se ani na nic nezeptala, prostě jen šeptla, ´Chceš
abych byla tvoje?´

´Jo,´ přikývl Neremiah vcelku nechápavě a protože mu to lichotilo, tak
ji plácl po zadku a především políbil. Načež všichni zavolali ´Sláva sláva
sláva králi!´ a jiní dodali ´...i královně - i královně!´

"Tak to je ten příběh," dořekl stařec a poposedl na kameni. "Já už mám
dopito, co ty?" podíval se na mne.

"Já - já nemám takovou žízeň," odpověděl jsem na jeho hladový
pohled.

"Tak přihoď - dáme ještě," vzal mi láhev z ruky.

"Ale - "

Podíval se na mě, "Ale co?"

"Ale jak to bylo dál?" zeptal jsem se stejně nechápavě jako bych byl
ten Neremiah.

"Možná jsi," řekl stařec.

"Co?"

"Ne ´co´ ale ´kdo´."

"Co kdo?"

Stařec mávl rukou a zhluboka se napil. Poslouchal jsem jak mu voda
hlasitě padá do krku a udělalo se mi nevolno. Pane Bože, přestaň, říkal
jsem si, když v tom přestal pít a zašklebil se.

"Cos říkal?"

"Nic," odpověděl jsem polohlasem.

"Jakoby tu někdo chtěl abych byl o žízni," řekl rozhlížeje se kolem.
"To je pustina, co?"

"Jo," přikývl jsem. Nechápal jsem souvislosti.

"Tady tak bydlet..." ironicky se usmál. "To bych si hodil oprátku," dořekl potměšile. "Ale neber si to tak. Jen tě docela lituju, synku." Poplácal mě po rameni.

"Jo, já se taky lituju," řekl jsem ale nebyla to pravda. Začínal jsem k němu mít řádný odpor. "Jak to teda bylo dál?" zeptal jsem se nešikovně.

"Co?"

"No ta pohádka..."

"Žádná pohádka. Pohádky nejsou. To tě život ještě nenaučil?"

"Tak ten příběh."

"Příběh - " zamyslel se. "Každý máme svůj příběh. Příběh někoho je vždy ještě příběhem někoho jiného. Tak to chodí. Můj příběh je i tvým." Prohodil a rýpl patou do písku. Byla to spíš špinavá ztuhlá rašelina než písek. Jako na stavbě. Napadlo ho, že to ještě nedostavěl. Ještě hodně chybělo. Pomalu mu docházely síly - bez potomků, bez ničeho... "Nezačínej co nemůžeš dokončit," řekl nahlas. Často si nahlas povídal pro sebe. Nevadilo mu, že ho někdo poslouchá. Konec konců... ať slyší myšlenky. Myšlenka je taky stavba. Je to vlastně počáteční stádium stavby. "I myšlenky je třeba dokončovat," napadlo ho. "I myšlenky, synku." Odmlčel se a pokračoval, "Ono tě pořád něco napadá a napadá a ty po tom šlapeš, topíš se v tom a nakonec se snažíš seč to jde abys zapomněl. Ale zapomínání je těžší, než se zdá. A proto je potřeba dokončovat myšlenky. Ne je jenom přebírat jako brambory. Je fajn je trošku očistit, sloupnout a kouknout se na to jak to vypadá uvnitř, ale když už vím a vidím tak podle toho musím jednat... a ne to zas hodit zpátky do nůše. Víš, ona největší moudrost je vždy docela maličká - jako ta myšlenka - a tak to lidi nutí pořád se tím zaobírat, přebírat to a pátrat po - co já vím - jen aby to znělo nějak složitě a komplikovaně. Ale já si raději dám chléb se solí než nějakou komplikovanou receptůru na mišmaš. Všechny velké věci jsou jednoduché. To neznamená, že složité věci nejsou velké - mohou být, ale to jen proto, že se sestávají ze spousty malých, jednoduchých věcí, které někdo přebral, přehodnotil, vytřídil a sehrál dohromady. Ptáš se co bylo? Co bude? Jaká je budoucnost? Budoucnost nečtu z ruky, budoucnost nevidím, budoucnost nelze namalovat jako západ slunce... Ale když už jsme u toho malování - namaluj západ slunce jako třeba ten - jak se jmenoval - Monet - nebo ten jeho kámoš - Renoir - a uvidíš, že z obrazu vyčteš minulost, ale nikdy ne budoucnost. Budoucnost nelze ani namalovat ani napsat ani věštit.. věštit. Věštit? Snad. Ale věštba není předpověď počasí - i když obráceně snad..." usmál se. "Věštba je to co chceš, jako sen, a sny se plní jen když proto něco uděláš."

"Takže tohle všechno," napadlo mě. "Nemá smysl."

"Co?"

"Snažit se psát o tom co snad jednou bude..."

"Ale vůbec ne. Pokud píšeš a vkládáš do toho sám sebe, svou duši, kousek po kousku - tak opravdu píšeš o budoucnosti. Ať už je jakákoli, tak něco z toho se vždy stane. Je to jednoduchá rovnice o jedné neznámé: X=člověk. Vše co se stane, veškerá budoucnost závisí jen od člověka. Člověk je takový jaký je. Mění se, pravda, ale já se znám - udělal jsem člověka právě proto podle sebe, protože se znám a vím..."

Podíval jsem se na něj. V mých očích byla otázka. Nelhal by mi?

"Ne, budoucnost taky nevidím, ale protože se znám tak znám i tebe a to co ti tu vykládám, to jsi ty. Ani o tom nevíš..." zasmál se. "Tak už to chodí, jo jo, tak už to chodí." Láhev byla prázdná. Chtěl vstát, ale podlomily se mu nohy. Dosedl zpátky na zídku. "Jsem unavený," řekl těžce a já jsem najednou věděl, co má na mysli. A také jsem znal konec toho příběhu. Věděl jsem, popravdě jsem věděl jak to bylo. Ale nemohl bych to říct. Ne všechno. Ostatně to znáte:

Napřed byly oběti. Pak synové a dcery. Poté kasty a třídy. Nakonec války. Po válkách obchod a po obchodu hřích. Nebo byl hřích ještě dřív než si myslíme? Nebudu Boha rušit - už tvrdě spí - ale my můžeme doufat. Doufat, že nezapomeneme na to, co bylo před první obětí.

Když mi na něj sjely oči... Stále ten obraz vidím - šedivý stařec ležící pod mohutným, košatým dubem. No není Vám ho líto?

Bože, ten ale chrápe...

JOB

Byl to těžký job - žít bez Fefersona a předstírat, že se nic nestalo. Marie měla proslov v parlamentu a prohlásila o sobě, že je plně kompetentní zastávat job svého manžela. Džužua jí poradil s návrhem programu a politickou taktikou. Zato ho jmenovala "nadministrem", hodnost, kterou sama zavedla a jejíž funkce byla zastávat prezidenta, tedy prezidentku, v době její neschopnosti a zodpovídat se za všechny politické poklesky.

"Nezáviděníhodná situace," prohlásil doktor Solomon jednoho večera do telenetu.

"Asi byses sem měl přestěhovat," usmála se. "Lidi už to nevydrží."

"Jo, taky mě překvapuje jak toho suchara milovali."

"Pozor na slova."

"Vždyť to máme pod kontrolou." Řekl Solomon. Schválně dal důraz na "máme" a čekal jak zareaguje. Nic. "Myslíš to vážně?"

"Co?"

"S tím nastěhováním..."

"No," odmlčela se, ale ne na tak dlouho aby to vypadalo jako zaváhání, "museli bychom to nechat úředně schválit - aby se lidi nevztekali. Už teď se šíří fámy o nějakých volbách a tak - "

"Volby!" vyprskl Solomon. "Volby jsou prostředkem demokracie, ti nevzdělanci - to bylo ještě před technokracií, tak před třista lety když byly v oblibě volby! Každý přece musí vědět, že Fefersonova banka je k dispozici a - "

"Ale není tak jednoduché s ní manipulovat. Nemůžeš si jen tak přivlastnit ty data."

"Vždyť k nim máš přístup," dovolil si protestovat. "Někdo s nimi musí operovat - tak proč ne ty a já?"

"Ale to všechno musí schvalovat parlament."

"Parlament schválí co mu řekneš aby schválil," namítl Solomon. "Vzpomeň si jak to bylo za Fefersona - stačilo mu trochu pohrozit, že umře a už to bylo - jedna finanční injekce sem druhá tam - co hrdlo ráčí."

"Ale to byl on. On si to mohl dovolit."

"To se mi nelíbí. Jsi přece ženská a víš, jak to je - lidi vždycky raděj uvidí ženskou než chlapa."

"Mám pocit, že se to mění."

"Jo, ten já už mám dvacet let a nic," usmál se ironicky.

"Ale - "

"I nademnou je ženská jak víš a to že Džužua je ministr - to jenom proto, že není ani to ani to."

"Hmm. Asi máš pravdu. Tak já se poradím s kabinetem a uvidíme."

"S nikým se neraď, prostě vylož na stůl karty a bude."

"To jim jako mám říct?"

"Přesně."

"Tak asi - "

"Asi určitě. Dnes se stavím a probereme to spolu. Teď musím jít - ti cyborgové jsou otravní - chodí za tebou s každou blbinou."

Neměla z toho moc velkou radost. Hlavně se bála, že se provalí jak Feferson zemřel, respektive na co. Ale pitvu mohla povolit jenom ona. "Nechť památka mého muže zůstane nedotčena!" prohlásila na posledním zasedání Rady a nechala Bezka, Adonise a Simenona ať si lámou hlavu něčím jiným. Ostatně meziplanetární vztahy byly od povstání na Marsu napjaté jako struna na houslích.

Housle - to bylo možná to co jí chybělo. Od chvíle kdy odešel, nechtěla si připustit nic jiného, se snažila ze svého života vymýtit všechno, co ji k němu poutalo - včetně vážné hudby, kterou měl tak rád. Nemohla si ale pomoct - něco měli přecejen společného. Bylo toho málo, ale něco přece.

Fefersona pochovali po starém způsobu - nikoli laserovou holografií ale prostě ho zakopali do země před očima telekamer a netů. Byl to monumentální pohřeb a přenášeli ho přímým přenosem na Mars i na Měsíc. Objevili se různé spekulace, ale - snad sama nevěděla co cítí, nebo byla tak dobrá herečka... kdo ví? Nedala záminku k nejmenším pochybám o jejich vřelém a vynikajícím vztahu. Ostatně ona byla tím, kdo měl mít ve vztahu hlavní slovo, takže se lidé - prostě neměli čeho bát. Odešel hologram, dalo by se zkráceně prohlásit.

Jediné, co ji trápilo, byl pohled Adama, který se jí upřeně díval do očí když mluvila k Radě, ani jednou neuhnul a zdálo se, že ji přímo vyzývá. Nevěděla dobře k čemu, ale výzva to bez pochyb byla. Snad i proto zařídila oficiální schválení svého partnerství se Solomonem a urychlyla jeho přestěhování do parlamentního mrakodrapu. Jak to odůvodnila? Že jí Feferson natolik chybí, že musí mít na blízku někoho kdo byl u jeho smrtelného lože, kdo o něj pečoval "jako o vlastního" a kdo ho měl "stejně rád jako ona". Když to říkala, nemohla si nevšimnou tiku v Adamově oku.

"Co s ním?" šeptla jednoho večera před spaním.

"Solomon se k ní obrátil. Co chceš, miláčku," odpověděl vážně.

"Zbavit se ho nemůžeme..." uvažovala nahlas.

"Proč ne?"

"Je z nich nejlepší. Sám to víš. Kdyby Alibaba zaútočil, nebo kdyby se na Marsu dostal k moci někdo z těch - vyvrhelů - měli bychom jenom jednu možnost."

"Jakou?" zeptal se zvědavě.

"No přece Adama - požádat jeho o spolupráci. On jediný ví na sto procent jak pracuje Alibabova ofenzivní síť."

"Možná, že by se mělo obnovit Ministerstvo války," prohodil Solomon.

"To je ono!" vykřikla entuziasticky. "A jeho uděláme ministrem. Tím si ho zavážeme, bude mít zodpovědnost a všechno půjde přes něj."

"...a na něj," dořekl za ni Solomon a zhluboka zívl. Políbil ji - jemně a s citem. Byla už ve středním věku, ale dobře si uvědomoval, že moc času jí nezbývá - tedy aktivního času. Vypadala přiměřeně na sedmdesát (nebo kolik jí to vlastně bylo) ale byla jeho pasem k lepší budoucnosti. I když se musel notně překonávat, opět jí řekl že ji miluje a sjel rukou dolů... Nebyla jeho typ. Ale co na tom? Až bude prezidentem, bude mít koho bude chtít.

Na ten nápad s Jobem přišel Adam. Když mu oznámili jmenování ministrem války, což si nemohl dovolit odmítnout, začal se snažit spolupracovat. Nešlo říct, že se snažil, ale začal s tím jakoby chtěl - opravdu - spolupracovat s těmi zvrhlíky. No a jeho první nápad byl hardwarový superklon Fefersona. Trvalo dva měsíce a byl hotov. Sám na proces dozíral a kontroloval ho.

K odhalení došlo před statisíci na hlavním náměstí před prezidenstským mrakodrapem. Bylo veřejné, přístupné všem, a opět se přímo přenášelo meziplanetárně, což tentokrát zařídil sám Adam. První lady Marie

Fefersonová se svým novým druhem Solomonem-Fefersonem mu stáli po boku, když odhaloval elektronickou bystu.

"Pánové a dámy," zakřičel do mikrofonů, "nyní se seznamte se svým novým prezidentem." Strhl plachtu. Zavládlo hrobové ticho. Po několik sekund nikdo nic neříkal a pak to propuklo - děsivá vřava. "Sláva Fefersonovi! Vítej zpátky! Milujeme tě!" a jiné pokřiky bylo slyšet na míle daleko. Vzpřímil se na rostru a prohlásil: "Toto je Job!"

Tím svůj projev uzavřel. Všem bylo jasné, že je autorem Joba a že je nyní pravděpodobně nejfavorizovanějším členem vlády. Favorizován kým? Když odstupoval zpět, aby přenechal pozornost Marii, nemohl si nevšimnout jiskřičky v jejím oku, jak na něj mrkla a pousmála se. "Jak se může fyzik stát členem vlády? Jaké máte další cíle? Proč jste prezidenta Fefersona nazval Job?" dotazů ze stran novinářů byl doslova a dopísmene přehršel. Nemohl by na všechny odpovědět i kdyby chtěl. Jakmile ale předal mikrofon Marii, své spasitelce, dav se uklidnil.

Počkala, a když měla pozornost všech přítomných, poděkovala Adamovi, novému "Ministrovi války" - což některé překvapilo jiné vyděsilo - a pouze řekla, že jakékoli další otázky budou zodpovězeny na blízké konferenci a večeru V.I.P. na počest Fefersona - tedy Joba. "Tam také bude Job k dispozici všem novinářům," ukončila a rychle zmizela i se Solomonem ve výtahu. Adama nechali venku jako obětního beránka.

"To bylo něco," hvízdl Solomon. "Fakt - vidělas jak tě napjatě poslouchali!" Políbil ji. Když už fyzicky nic moc, tak má alespoň šťávu někde jinde, pomyslel si. Chytil ji za zadek.

"Tady ne!" odsunula ho příkře. "Teď ne!" poodstoupila od něj.

"Tak promiň," omluvil se. "Myslel jsem - "

"Tak nemysli! Od toho jsem tady já," řekla nevybíravě když se otevíraly dveře. Po tváři se jí opět rozjel úsměv. Pár aparátů bliklo, ale za infrabariéru už nikdo nemohl.

Konečně trocha klidu. Sesula se do héliového křesla a pozorovala Solomona. Nemohla si pomoci, ale viděla v něm najednou někoho jiného - jiného, než předpokládala, jiného než koho milovala - nebo si myslela, že miluje - tedy někoho, kdo jí nesahá ani po pás. Ten pocit rostl a rostl. Hlavou jí projížděly nejrůznější situace a mimoděk si vzpomněla na doktora Zabuda, který teď vedl Asklepiovu kliniku. Původně to chtěli svalit na něj, ale nějak nebylo třeba na nikoho nic "svalovat". Vina je jako pára na okně - stačí vyvětrat...

"Miláčku, volají tě," zaznělo z intercomu.

"Teď chci odpočívat. Vyřiď to za mě," odpověděla se zavřenýma očima.

"Ale - to nejde. To je Džužua a chce tebe."

"Tak ho přepoj."

"Haló?"

"Copak máte tak neodkladného?"

"Paní prezidentko, nerad Vás vyrušuji, ale myslím, že je nutné aby jste svou přítomností poctila jednání přímo zde."

"Co se děje?"

"Máme zvláštní tajnou poradu."

"Je tohle vnitřní okruh?"

"Ano."

"Dobře. O co kráčí?"

"Jde o situaci - tak říkajíc meziplanetární. Nepodařilo se totiž - "

"Cože? Myslela jsem, že to už je za námi?"

"Tedy, s veškerou úctou, paní prezidentko, Vašemu bývalému manželovi se to nepodařilo. Vlastně to tenkrát nechal víceméně na nás. Jednalo se o situaci v regionu A4 a pan asociovaný profesor inženýr docent doktor uiverzálního vzduchoprázdna Bezek tenkráte postuloval jistou procedúru, jejíž neuskutečnění mělo vést k finálnímu kolapsu pozitronové kapsy ve stratosféře a tím ke snížení reaktivní pozifikace pozitivní informovanosti geometrickou řadou jak - "

"Ušetřete mne detailů. Co se teda stalo?"

"No, jak bych," zaváhal. "Možná kdybyste si zapla videosíť tak můžete být s námi."

"Souhlasím."

Džužua se objevil na obrazovce. Po jeho levici seděl Bezek a Adonis, po pravici se šklebil Simenon. Znala je z telenetu a vyprávění Fefersona. "Takže, jsem s vámi, pánové," pronesla se zdvořilým úsměvem.

"Kdo chce začít?" ozval se Džužua. "Nikdo?" Rozhlédl se kolem. "Co vy, doktore Adame?" podíval se na druhou stranu stolu. Adam vstal a váhavě přešel k ostatním, aby ho prezidentka mohla vidět.

"Myslím," řekl Adam, "že je potřeba se do toho pořádně opřít." To bylo všechno, co řekl. Věděl, že to jsou slova samotného Fefersona, jistěže to věděl. A uvědomoval si, že to vědí i ostatní - v tom byl jeho fígl. V tom byl ten princip, který se učil tak dlouho. Nezáleží na tom, co člověk říká - pokud to už ten kdo poslouchá jednou slyšel. Sám pro sebe si ho nazval "principem autentičnosti" a používal ho kdykoli mohl. Od té doby co ho použil poprvé se dostal do čela vědecké rady, navrhl Joba, byl dvakrát laureován a obdržel čestnou nominaci na prezidenta, Nobelovu cenu a dva kříže důstojnosti. Tak to na světě chodí... pomyslel si.

"Předpokládám, že VY vedete celou - 'akci'?" podívala se na něj.

"Obávám se, že ne," odpověděl sám Džužua. "Protože pan doktor byl demotován ještě za vašeho manžela a - "

"Nezajímá mne co bylo za mého manžela. Teď je teď a tady je tady. Takže - kde jsme to skončili?"

"U pozitronů..."

"Ano," přikývla. "Nemám všechna potřebná data, musím přiznat, ale věřím vám, odborníkům. Takže jaká je predikce a jak to vlastně vypadá?"

"Zdá se - vlastně - máme potvrzeno, že částice inteligentního silikonu se chystají zaútočit na Zemi. Jsou v bojových formacích rozmístěny prakticky po celé stratosféře a při každém pozorování se geometrickou řadou rozrůstají a multiplikují a rozkládají atmosféru - to je, zdá se, jejich taktika." Pomalu, sebejistě, pronesl Adam.

"Ale, pane Džužua, vy jste mne mylně informoval," obořila se prezidentka. "Zde nejde o meziplanetární konflikt..."

"Bohužel ano," odpověděl jí Adam. "Protože k množení těchto částic dochází i směrem od Země. Mají tvar slunečních protuberancí a na infrareaderech Alibabovců vypadají jako nukleární orbitální zbraně v bojové formaci. Všimli jsme si, že na Měsíci došlo k přesunům armád."

"To je vážné," řekla Marie a usrkla šampaňského.

"To je," opakoval po ní Džužua.

"To je," řekl Bezek.

"Bezesporu," dodal Simenon.

"Co budeme dělat? - toť otázka," pronesl Adonis.

"Musíme se rozhodnout," řekl ještě Simenon. Jako doktor docent profesor asociovaný inženýr kandidát věd a laureátní školitel si byl vědom, že v teoretických otázkách má navrch. "Rozhodnouti zdali zaútočit, či nikoli. V případě útoku je totiž velmi pravděpodobné, že Alibabovy armády přestanou jen tak nečinně přihlížet..."

"Zeptejme se Joba," navrhla Marie. Všichni k ní vzhlédli. Poté se podívali jeden na druhého - snad v tušení, že Job je jen stupidní napodobeninou, robotem bez mozku a že ten, kdo za ním stojí je Adam se jali opakovat:

"Zeptejme se Joba, ano, to je ono, Joba..."

Skončili u Adama. Ten se pochmurně díval kolem vida, o co jim jde - takhle to bývá když chce člověk spasit svět, řekl si pro sebe. Vynutil na svých rtech úsměv, počkal až zmlknou a pak jim to vetřel do tváře.

"Jistě," řekl temně, "Jistě, Job je přece chytřejší, než my všichni dohromady."

Tak se obrátili na Joba. Pochopitelně musel Adam asistovat a jenom on věděl jak může Job zareagovat. Nakrmil ho svými propočty a daty staženými z Harvardu ještě když byl pravý Feferson naživu. "Válku," prohlásil Job Fefersonovým hlasem. "Plutoniová stimulace - silikonová degradace - atmosférická denaturace - katastrofická predikce."

Adam si všiml jak se Marie nadechuje ke slovu a včas ji zastavil. "Shrnuje data," řekl chladně. "Počítá," dodal, když Job-Feferson chvíli nic neříkal.

"Musíme se do toho pořádně opřít," prohlásil Job a sám se vypnul.

"Co je s ním?" zeptal se Bezek.

"Vypádá to, že se zavařil," řekl Adonis.

"Pánové!" zvýšila hlas prezidentka. "Poznávám uvažování svého zesnulého manžela. Vidím, kam tím směřuje." Obrátila se k Adamovi, "Pane doktore, myslím, že to byla dobrá rada."

"Ale - " snažil se Simenon.

"Vážený pane doktore docente profesore asociovaný laureáte - "

"Inženýr," dodal Simenon.

"Nerada bych vás vědecky poškozovala, ale myslím, že zde závěr máme a není třeba dále pátrat. Jako vrchního operace - " Odmlčela se. "Blitzkierch," prohlásila sebejistě.

"Čeho?!" vyjekl Bezek.

"Operace Blitzkierch," opakovala s důstojně pohrdavým úsměvem. "Nahlédněte do dějepisu, vážený pane asociovaný profesore inženýre docente doktore uiverzálního vzduchoprázdna Bezku." Jako prezidentka musela mít data nikoli pouze o hodnostech svých podřízených, ale i o jejich praxi a osobních záležitostech. Věděla, že Bezek byl odborník na vzduchoprázdno a že ve stavu bez tíže plutonium nikdy nezkoumal. Nebyl totiž nikdy mimo Zemi. Měl zákaz. Podobně jako Adam, ale Adam byl pro ni mnohem užitečnější.

"Pan doktor Adam Vám to poví," mrkla na Adama.

"Jedná se o jeden válečný plán starý zhruba čtyři nebo třista roků kdy - "

"Vysvětlíte si to jindy," vmísila se opět. "Musíme jednat. Vzpomeňte na Fefersona!"

"Vzpomeňte na Fefersona!" zvolali všichni sborově a rozešli se. Adamovi to dlouho vrtalo hlavou. Požádala ho aby pronesl řeč v parlamentu a pak - vzpomněl si na Hitlera. Věděla vůbec kdo to byl? A ta zkomolenina -

BlitzCo? Blitzkirch? Nebo Kierch? Blitzkierch...? Hned jakmile dorazil domů požádal datovou jednotku o napojení na centrální databázi a ve slovníku starých jazyků našel význam. Nepředpokládal nějaký význam - prostě to zkomolila. Ale pak - pokud opravdu měla data a naplnila si databázi přes čip knihovny FBI tak musela vědět... Ale ta asociace? "Plazit se?" Nedávalo mu to smysl. Začínal mít strach.

Následujícího dne vyšel parlamentní net-bulvár s novým titulem Vzpomeňte na Fefersona! s podnadpisem Blitzkierch. Adam byl nejspíše jediný, kdo se pokusil vyluštit význam prezidentčiny mozkohry. Ani Solomona to nenapadlo.

"Teda!" prohlásil když dočetl. "Ty máš ale kuráž..."

"Někdo musí," řekla Marie a přepla na kanál s počasím. Hlásili písečné bouře na Marsu a srážky na Zemi. Jako obvykle. Kyselost +9. Radioaktivita 44 procent plus. Chtěla se jít projít, ale nebude riskovat. Možná do podzemního parku. Snad později.

"Co bude teď?" zeptal se Solomon.

"Jak to myslíš?"

"No, tak jak to říkám? Ty chceš válku?"

"Ale o to co já chci tady přece vůbec nejde," bránila se.

"O co jiného by tu šlo. Slyšet tě tak Feferson..."

"Dej mi s ním pokoj!" vyštěkla na něj. Po chvíli ticha dodala omluvně. "Jde o to, co chce on."

"Kdo 'on'?" zeptal se nechápavě.

"Kdo asi?"

"Adam?"

"Ale né. Ty jsi vážně..." Uštědřila mu nevraživý pohled. "Feferson."

"Feferson?" podíval se na ni ještě nechápavěji.

"Feferson-Job."

"Ježiši!"

"Co je?"

"Vždyť je to robot!"

"Robot, robot - ale má perfektní databázi a fefersonovy informace."

"A co jako?"

"Nic."

"Můžeš mít perfektní informace o čem chceš ale když si snima nevíš rady, tak jsou ti na - " zarazil se. "- platné jako spálený obvod," dodal.

"Nechme toho."

"Nechme toho," opakoval po ní.

"Tak," řekla tiše.

"Tak," opakoval.

Podívala se na něj. Jejich pohledy se srazily jako dvě molekuly v urychlovači. Něco částic se roztříštilo o stěny, ale zbytek zůstal v zorném poli. Přiblížila se k němu. Přivřela oči a nechala ztlumit světlo. V šeru místnosti jí najednou přpadal jako - . Bála se na to pomyslet. Jejich rty se dotýkaly. Začali se líbat - dlouze a vášnivě - . Zavřela oči uvězněná ve svých představách. Ticho. Venku zahřmělo. "Možná už nemáme moc času," řekla tiše. Vlastně si nebyla jistá svými slovy. Nebyla si jistá ničím.

Ocelové kapky kyselé vody se rozbušily na impregnovanou, průhlednou stěnu mrakodrapu.

Intermezzo

Přísně tajné (registr Centrální Inteligence)

Solomon, S., narozen 12.4.2303, otec Dr. David S.sr., t.č. vlastník F.P.vysílací stanice Nové Haveno, matka Mf.DA Hollyfax Solomon čip0034 inseminátor 68. Vedoucí kliniky Dvanácti křížů, specialista na molekulární biologii a genetiku, 4 r.Harvard, čip 00672 implantace MD provedena 20.6.2321. Nynější bydliště...

Solomon si pročítal svoji složku ve vládním registru a přemýšlel nad minulostí. Jaká asi byla? Nikdy nevzpomínal na minulost - to bylo tabu. Teď si to ale mohl dovolit - stál na vrcholu lidské existence, na nejvyšší příčce pomyslného žebříčku moci. Výš už byla jen - ona, Marie Fefersonová. Databanka se rozjela - "Přístup zamítnut." Ozval se metalově chladný hlas computeru. "Heslo neplatné." Zkusil znovu: "Feferson..." Zase nic. Znova. Nic. Znova...

Chvíli si hrál. Téměř už to vzdal když ho napadlo zkusit pouhá tři písmena: "MOC". Pomalu, sebejistě hleděl na obrazovku a rty se mu rozjely do úsměvu.

Feferson-Juwissová M., narozena xy.yx.2090! Nevěřil svým očím. To musí být překlep! "Ověř info datum narození!" vyštěkl. "Vše v pořádku," ozval se počítač ještě než Solomon dořekl co chtěl. "Ale..." - "Vše v pořádku." Opakoval počítač. Solomonovi se zatočila hlava. Tak ona je o sto - ne, o dvěstě!- let starší než, než já!? Ale jak to - jak to, že - říkala - říkala, že je jí sedmdesát nebo kolik... Co je to? Přece nemohli...

"...narozena Vatikán, nemanželská dcera papeže Apiuse III. (2051-2100), vzdělání: psychoinženýrka, zaměření: genetická transmodifikace stárnutí, publikace: "Stárnutí a proces rozpadu uhlíku", "Věk viny", "84 a půl chromozomu biblického člověka", "Jak zabránit procesu stárnutí pomocí inteligentního silikonu" - Ne!? To nemohla být pravda - ona, že napsala učebnici podle které se on a tisíce dalších studentů učili biomedicínu? To bylo absurdní...! Taková slepice. Určitě to sfalšovala. No jasně... měla přístup k datům, databázi a ke všem informacím už od první chvíle s Fefersonem. Feferson měl přístup ke všem a ke všemu. Takže ona taky.

Povýšeně se usmál, ale hlavou mu stále vrtalo datum 2090. A jestli byla opravdu dcerou papeže tak ji musel nechat kryonovat aby se dožila tohohle věku. Navíc byla podvratným činitelem - celou tu dobu. Kdykoli ji kdokoli kdo měl přístup ke složkám FBI mohl extradovat a obžalovat z vlastizrady. Feferson už by věděl... Ale věděl Feferson? Co věděl Feferson? Co když všechny ty informace v databázi byly úmyslně sfalšované. Co když i data v mikročipových implantátech byly sfalšované. Co když si myslel, že on je on a všechna data, která měl - která se shodovala s informacemi z klasifikovaných materiálů – byla falešná. Byly to výmysly... Ale kdo byl on když on nebyl on.

Točila se mu hlava. Našel si informace o Bezkovi - nic zvláštního. Nic, co by nevěděl. Pouze identifikační číslo mikročipu bylo zvláštní, ale tomu nerozuměl, takže ho raději přešel. Nic. Nic. Nic.

Adam, najde si Adama. Nic. Zkoušel různé přesmyčky a chytáky ale - nic. Adam neexistoval. Alespoň v databázi ne. "Zvláštní, opravdu zvláštní," řekl nahlas a zhluboka vydechl.

"Co je zvláštní?" ozvalo se za jeho zády.

"Nic. Nic." Otřepal se a rychle se otočil. Tak tak stačil stisknout tlačítko resetu. "Akorát se to nějak zadrhlo nebo co a nešlo to spustit, ale myslím, že teď už to bude OK."

"Hmm..."

"Kde jsi byla?"

"Kde asi?" Uštědřila mu nenávistivý pohled. "Ty si tady sedíš a člověk aby sám rozhodoval budoucnost lidstva."

"Máš přece Joba, ne?"

"Ale Job je - jen prázdnou databází. Vždyť to sám víš."

"No, já myslel..."

"Nehraj to na mě."

"Já nic nehraju," bránil se. "Jen se mi zdálo, že - "

"Tobě se nemá co zdát - ty musíš stát tam, kde chci já a být mi poruce."

"Promiň," řekl, ale myslel si své.

"Cos tu dělal?"

"Nic. Jen jsem si trochu hrál s computerem."

"S databází...?"

"Cože?"

"Ale nic."

"Zítra o půl šesté ráno bude proveden útok na ty potvory. Poslali jsme signály jak na Měsíc tak k Marsu, takže by z toho neměl být žádný problematický konflikt."

"To zní dobře."

"Jenom zní."

"Jak to?"

"Podle Adama je riziko až sedmdesát procent."

"Riziko?" zeptal se nechápavě.

"Ano."

"Riziko čeho?" obrátil se na ni.

"Riziko všeho!" odsekla mu. Neměla chuť mu nic vysvětlovat. Má to chápat.

"Kdo je to ten Adam?"

"Ten kdo stál na mítinku vedle tebe," pronesla ironicky.

"To vím, ale - ale - "

"Co?"

"Ale kdo je to doopravdy?"

"Myslela jsem si, že jsi chytřejší!" vmetla mu do tváře.

To ho naštvalo. "Chytřejší než co? Než dvěstě let stará kreatůra?"

Přistoupila k němu a nahnula se. Její oči ho propichovaly. Nic neříkala - vůbec nic. Pochvíli našpulila rty jakoby ho chtěla políbit. Hned jakmile zahlédla první náznak úlevy a uvolnění, místo polibku mu plivla přímo do obličeje. Usmála se. Sliny mu stékaly po tváři. Stále na něj hleděla. Vychutnávala si ho. Věděla, že má strach. Snad se i dalo říct, že ji to vzrušuje. Pochvíli se napřímila.

"To už nikdy neříkej!" vážně a tvrdě pronesla. "Nikdy!" opakovala obezřetně. Přivřela víčka jakoby jím pohrdala, obrátila se a během několika sekund zmizela.

"To by mě vážně zajímalo kdo ten šašek vlastně je," ulevil si Solomon polohlasem a popojel na židli ke stolu. Nahmatal plastický ubrousek s vůní muškátu a setřel si Mariinu slinu. Však ty uvidíš... projelo mu hlavou. Ještě se ukáže kdo z koho...

Snad ale nevěřil už ani sám sobě. Od doby co skončil na klinice šel jeho život od desíti k pěti. Myslel si, že Marie bude jeho nejkratší cestou k úspěchu - a místo toho. Je to fena, chladná, frigidní fena. Snažil se si to nemyslet protože věděl, že mu mohla kdykoliv nahrávat myšlenky, ale nešlo to - nešlo nemyslet. To byl ten největší problém - kdyby dokázal nemyslet, tak by bylo všechno v pohodě. Nikdy by nikdo o ničem nevěděl, nepochyboval, neověřoval si... a všechno, docela všecičko by bylo fajn.

Práskl rukou do stolu. "Sakra!" Otočil se na židli a zíral do místnosti. Skleněný strop, tabule křemíku, umělé květiny a zvířata, která se hýbala jen pod náporem jeho očí. V rohu křeslo, phovka, stolek - vše na dálkové ovládání přímo na frekvenci jeho čipu. Jen pomyslel na to, jak krásné by bylo se rozvalit na pohovce, ta už věděla jeho váhu, teplotu těla a automaticky sepnula termoregulaci. I umělé květiny jakoby čekaly až se na ně podívá - při druhém pohledu už byly napůl rozvité a i když to necítil tak věděl, že se jim automaticky zapnul oxydizér. Všechno se automaticky zapínalo a vypínalo a reagovalo na jeho myšlenky... Jen Marie ne. To asi proto, že je to taková vykopávka... Zasmál se sám pro sebe. Zakroutil hlavou. Jak to jenom mohl nevidět?

Ale nevidět nebyl problém. Nevidět a snad i neslyšet se dalo - to bylo v mezích možností. Nicméně nemyslet. Čím více se snažil nemyslet, tím méně mu to šlo. Jeho mozek se rozjížděl na plné obrátky. Připadal si jako na centrifuze, jako při zemětřesení. Zvedl se a chodil sem tam po místnosti. Nechal si tmu. Nepotřeboval světlo. Nepotřeboval vidět. Potřeboval jen -

Nemyslet. Nemyslet. Nemyslet... opakoval si pro sebe - stokrát, tisíckrát, milionkrát. Hlavou mu probíhaly obrázky chorob, nemocných, operace při kterých asistoval, i ty starší, které sám vedl. Tváře pacientů se vrásčily jedna za druhou. Byla mezi nimi i jeho matka, jeho první láska, cyborg-učitelka na škole... všechno ženy. Jakmile si to uvědomil začínal je nenávidět - ženy. Poté sám sebe. Proč? Proč? Proč?

Už mu v hlavě strašily jen a jen otázky - další a další otázky. Myšlenky byly otázky. Co myšlenka to otázka. V řadě za sebou - tyčily se a padaly jako kostky domina - bum, bum, bum... Usmíval se. Už to ale nebyl ten úsměv chytrého doktora Solomona. Už to byl úsměv ďábla.

Chodil po místnosti a narážel do stěn. Převrhl květináč. Narazil do akvária s umělými chobotničkami. Voda vystříkla na pohdladu. Automaton přijel a ihned ji vysál. Dopotácel se k pohovce, ale ta jakoby ho odmítala přijmout. Sladká blaženost... pomyslel a spadl na zem. Na co myslel? Nevěděl. Nevěděl, že myslí. Konečně. Myslí, ale - ale alespoň neví... Někdy je lepší nevědět, napadlo ho jak tloukl hlavou o zem: ráz, dva, tři... Vší silou, jakoby chtěl rozbít ořech, velký a tvrdý ořech. Najednou toho nechal, zvedl hlavu a podíval se okolo.

"Co bude až nic nebude?" zeptal se sám sebe. Pomalu, jistě vstal pozoruje přitom žilky a vrásky svých rukou. Opřel se o zem a zhluboka vydechl. Poté se vypružil na paty a dokleku. Jakmile stál otočil se zvolna o 180 stupňů aby dostal do záběru všechny detaily. Chtěl mít místnost v paměti - dokonale a přesně. Proč? Byl snad i on naprogramován na nějaký úkol...? Jako lékař na to nevěřil, neměl právo věřit, ale jako Solomon-prezident - kdo ví?

"Zdravím Vám pane doktore," ozval se od dveří známý hlas. Byl to Job. Job-Feferson se svou novou mechanikou a extrasonickým vybavením. "Hledám Marii," dodal. "Neviděl jste ji?"

Byl tak zaskočen - tou podobou, tím hlasem - že nebyl schopen odpovědět. Zavrtěl hlavou.

"Neviděl jste ji?" opakoval hologramový robot-Feferson.

"Já - ne - ne - neviděl," zablekotal.

"Mé senzorické snímače ji zde zachytily před jednou minutou padesáti-osmi vteřinami čtyřiceti setinami," naléhal umělý Feferson. "Musela být zde - jinak je také možné, že o tom nevíte."

"Kdo je receptorem tvých senzorů?" zeptal se Solomon.

Job chvíli mlčel. "Nepovolená informace!" procedil mezi svým umělým chrupem.

"Odkud přicházíš?" zkusil to znovu.

"Datový vstup - zamítám dotaz. Kde je Marie?"

Solomon dotaz opakoval, ale když se mu ani pak nedostalo odpovědi, nechal Joba Jobem a hleděl si svého. Bylo lepší tyhle zvrhlíky ignorovat. Na druhé straně určitě sedí Adam, snímá senzory a chce ho vysát, zničit, anihilovat... Ale on se nedá. On je Solomon a to znamená - . Co? Co to vlastně znamená? Už je zase tam, kde byl.

"Prosím," podíval se na Joba. "Potřebuji být sám..." Pozoroval tu dokonalou figuru, jak se otáčí a pochoduje z místnosti. Bylo mu ho líto - Fefersona. Ani vlastně nevěděl proč. Snad proto, že jako doktor věděl... věděl všechno. Nebo kvůli ní? Ne, to asi ne. Dost možná proto, že byl teď na jeho místě.

Žalmy

Žalmy byly malé černé ropuchy, které žily ve skalách. Dříve to prý bývaly krázné nazelenalé ještěrky - Adam je kdysi viděl na hypermikrofiších - ale vlivem záření z jaderného odpadu, které se ukládalo v horách zmutovaly a teď se tvářily jakoby sem patřily odjakživa - žalmy.

Dost možná to byl jediný tvor na Zemi, který se přizpůsobil jadernému záření do té míry, že ho potřeboval k životu. To ale nebyla pro Adama dobrá zpráva. Úpatí hor dosáhl za úsvitu nového dne a byl tak vyčerpán, že by se nejraději svalil na zem tam kde byl a prospal celý den. Nicméně věděl, že nesmí - jednak si nemohl být jist, že žalmy by toho nevyužily a nedaly si ho ke snídani ("Bůh ví, co ty zatracené potvory žerou," zaklel polohlasem) a také měl obrovský hlad a doufal, že mezi skalami tu a tam najde nějakou zeleň nebo rosu nebo oboje.

Už dlouho neviděl Joshe, takže když se najednou zjevil přímo před ním, měl pocit, že má vidiny. Ale vidiny nezabíjí... pomyslel si. Vzápětí mu to došlo. Josh svíral v předních tlapkách mrtvou, krvavou žalmu a s výrazem naprosté spokojenosti a zadostiučinění, který mu Adam tiše četl v očích, sál a chroupal a chřoustal a - během minuty zbyla jen kůžička a pár chlupů z ocasu. Takže co teď? Podíval se na Adama - dlouze a pátravě - a během další vteřiny byl v prachu.

"To se ti to loví, ty - " nemohl mu přijít na jméno. Jasně, že by nepohrdl, ale jak tu potvoru ulovit. I když byly všude okolo a zdálo se, že ho pozorují, že se mu snaží vetřít pod kůži a dostat ho nějkou psychologickou metodou nátlaku - tak to byly plaché, stupidní nicotky s pár neurony místo mozku. Nejspíš instinktivně tušily nějaké nebezpečí. Ať se Adam snažil jak chtěl... nic z toho nebylo.

"Poď maličká, poď," vtíravě se blížil k jedné, ale zrovna jako při několika předchozích pokusech - těsně když ji už měl na dosah, když už zbýval jediný pohyb... frnk a byla pryč. "Bestie podělaná!" zaklel ještě jednou, sedl si na kámen a spustil hlavu do dlaní.

Když se opět podíval před sebe přivítala ho zamračená pustina. Téměř viděl zakřivení Země. Nikde nic. Sem tam větší kus oceli, nějaké střepy a neidentifikovatelná drť - ale jinak nic. Nic co by obsahovalo kouska života. Začínal se oddávat představám. Představil si svou pracovnu, pohodlné termostatické lehátko a multidimenzionální videonet, představil si hory, zalesněné kopce, které občas navštěvoval na virtuální síti, proudící potůček...

Znovu ho přepadla žízeň. Nechápal to - byl sice bez vody a vzduch byl suchý, ale zdálo se mu, že není dost teplo na to, aby se z něj odpařovala voda tak rychle. Navíc měl pocit, že vzduch je čím dál vlhčí - ale to mohl být pouhý pocit. Chvíli se přemlouval až nakonec vstal a pomalým, těžkopádným krokem se jal překonávat skalní hřeben. Vlastně se to podobalo chůzi ve virtuálních hrách které měl doma - akorát zde nebyl les ani nic živého. Až na ty potvory.

Párkrát spatřil Joshe - dost na to, aby mu bylo jasné, že ho stále sleduje. Na jednu stranu byl rád, že má společnost - i když jen protivné, nejspíš několikrát geneticky modifikované kočky - ale na druhou stranu mu Josh bránil v soukromí. Omezovalo ho, že se na něj stále dívá. Pravda, doma také byly kamery a člověk nikdy nevěděl kdo ho kdy sleduje, ale to bylo něco jiného - tam to bylo stejné pro všechny. Tady - tady byl sám.

Zdálo se mu, že vrchol je stále stejně daleko. Asi tak po dvou hodinách se zastavil, aby si znovu odpočinul a nabral sil. V tom uslyšel tupé rány - jakoby někdo bouchal kamenem do železa. Nebylo to daleko. Snad pár kroků.

Vzrušením nedýchal. Zadržoval dech, aby přesně určil směr, odkud přicházejí rány. Zamířil ke skalní rozsedlině nějakých sto, stopadesát metrů napravo od svého původního směru. Čím byl blíže, tím byl zvuk silnější. Najednou se ocitl na vrcholu jakéhosi žlabu, dlouhého pět až šest metrů a stejně širokého, na jehož dně spatřil tělo dítěte. A nebylo to pouhé tělo.

Byl to malý chlapec, nějakých deset roků starý, oblečený do roztrhaných látek připomínajících hrubou pytlovinu kterou v laboratořích používali pro uskladnění potravy pro krysy. Ležel na břiše, částečně na boku, levou rukou se podpíral a pravou - v pravé pevně svíral jakousi plechovku a bil s ní do ostrého kamene, pár centimetrů od svého obličeje.

Adam na něj zavolal. Nic. Počkal, až se unaví a na chvíli přestane bouchat. Poté to zkusil znovu. Chlapec se ohlédl. Přestože byl stále nějakých padesát metrů daleko, Adam si nemohl nevšimnout úsměvu na jeho dětské tváři. Úsměv opětoval. Rychlým krokem se vydal chlapci vstříc. Nicméně čím blíže byl, tím nesnadnější bylo číst z jeho tváře. Úsměv mu přestal připadat jako úsměv - spíše to byl škleb. Chlapec měl husté obočí a černé oči. Snědou pleť jeho jemného obličeje mrzačila obrovská rána na čele. Celý byl od krve, nejvíce však obličej a vrchní část oděvu.

"Co se ti stalo?" zeptal se Adam, téměř automaticky.

"Hemmm uhmm," odpověděl chlapec se stále stejně dementním úsměvem.

"Hlava?" Adam se mu stále díval do očí, snažíc se ignorovat jeho šklеb.

"Hummum em," zasípal chlapec nesrozumitelně a kývl hlavou.

Jasně, měl něco na hlavě. Adam se necítil dostatečně kompetentní, aby ho prohlížel, takže ho jenom pohladil po vlasech a řekl jak nejlépe a nejsoucitněji dovedl, "To bude fajn, uvidíš. Když jsi přežil tohle, tak to už přežiješ všechno..." usmál se, ale do vtipkování mu nebylo.

Oči mu sjely ke chlapcově ruce. To co v ní svíral byla plechovka, neoznačená, šedivá plechovka ze samotevíracího materiálu, který by se měl otevřít při pouhém dotyku. Ani on ani chlapec nevěděl co je uvnitř. Každopádně se něco stalo s otevíracím mechanizmem a jediné co jim zbývalo bylo násilí.

"Počkej," tahal za plechovku, ale chlapec nepouštěl. "Počkej přece, otevřu ji a dám ti - taky. Neboj se."

Chlapcovy oči byly tak tmavé, že se z nich nedalo číst. Jeho tvář se uvolnila a současně s tváří povolila i ruka. Adam tam stál, vztyčeně jako vítěz a prohlížel si plechovku. Neměl ponětí, co bude uvnitř, ale určitě, docela určitě to muselo být něco k snědku.

Vprostřed víka zel vypouklý kráter od toho jak s ní chlapec bil do zaobleného cípu skalního výběžku. Nedá už tolik práce ji otevřít, pomyslel si Adam. Ale nechtěl ztrácet ani drobet drahoceného obsahu a tak se jal hledat špičatý kámen, kamínek, pazourek... cokoli čím by spáchal konečnou dirku. A našel.

Hned jak se na povrchu objevila tekutina setřel z víka zbytky prachu a usrkl. Byl to kompot. Zavařené ovoce. Nikdy neměl moc rád zavařované ovoce a obzvlášť ne proto, že věděl, že pochází od trestanců z Marsu. Nejedl ho ani když byl mladý. Ale teď mu chutnalo jako ta nejskvělejší pochoutka - jako nejlepší zákusek po vyčerpávajícím lovu.

Opět spatřil Joshe. Stál několik metrů nad ním, na skále, a věšel hlavu. Jako by mu něco naznačoval. "To koukáš, co?" se zjevným nepochopením odpověděl Adam. "Předtím ty a teď já! Kdo se směje naposled..." Zazubil se ale Josh nehnul ani brvou. Adam mávnul rukou, cosi zažužlal o "idiotské zvěři" a vrátil se k chlapci.

Už když k němu přicházel tak se mu něco nezdálo.

"Co to děláš!?" přiletěl k němu ve snaze ho zastavit.

"Hummum um," zachrčel chlapec a na vzdory Adamově snaze praštil svým i tak rozbitým čelem opět do skály. Pak, celý od krve, se na adama zašklebil. "Hi - hi - himm..." ozvalo se z jeho úst. Poté upadl do komatu.

"Přinesl jsem ti," snažil se Adam. Marně. Sáhl mu na rozpálené čelo. Pot se mísil s krví. Nahmatal nepravidelnou prasklinu lebeční kosti. Ostatní mu došlo. "Neboj se, to bude dobré," pohladil chlapce po ráně.

Všiml si, že se mu ruka barví chlapcovou krví. Okamžitě se od něj odtáhl. Najednou spatřil ne chlapce, ale ji - jak tam leží s rozmlácenou lebkou. Jakoby ho něco nutilo, něco mu říkalo, aby to udělal. Pomalu, s odporem a přece rád, si přiložil ruku k ústům a začal ji olizovat. Měl u toho zavřené oči a když je otevřel - spatřil znovu chlapce. Ulevilo se mu. Ale pouze na chvíli.

Uvědomil si sám sebe a nemít tak prázdný žaludek a křeče v něm, určitě by se pozvracel. Věděl, že musí kompot sníst pomalu a po troškách, aby mu k něčemu byl. Ani to jinak nešlo - dirka ve víčku byla příliš malá na nějaké hltání.

Automaticky, bez přemýšlení, se znovu přiblížil k chlapci. Začal ho hladit po vlasech, po krku, pomalu sjel dolů ke zbytku těla. Uvědomoval si ho jako celek a čím více si ho uvědomoval, tím méně si byl vědom sám sebe. To ho uklidňovalo, oprošťovalo pout, osvobozovalo. "Tak," řekl tiše, "teď hezky spinkej." A přitulil se k chlapci stejně jako předtím k - .

Tlačily ho kameny. Za zády ucítil pohyb, ale ještě než se ohnal, žalma zmizela v nějaké díře. Chtěl si odpočinout, ale nešlo to. Cítil chlapcův pot, jeho krev, jeho život - život, který tam ještě před vteřinou byl. Posadil se a zkrvaveným prstem rozevřel díru ve víku plechovky. Chvíli nečině seděl a dpojídal kousky ovoce jehož jméno ani neznal. Mělo chladivou a sladkou chuť. Mísilo se s krví na jeho prstech.

Znenadání, z ničeho nic, se znovu objevil Josh. Tentokrát stál přímo před Adamem a ježil se, jako předzvěst nekalé budoucnosti. Adam na něj zařval ale kocour stál dál jako přikovaný.

"Co chceš, ty potvoro zatracená!?" zakřičel rozlíceně. "Celou dobu mě jen pronásleduješ, celou dobu mě sleduješ a - sama - nejsi k ničemu! Jsi jen stupidní kočka! Zatracená kočka! Co!?" Vstal a mrštil plechovkou po Joshovi. Minul o pár centimetrů.

Josh instinktivně ucukl a podíval se, kam plechovka dopadla. Poté se podíval zpět na Adama, který stál nehybně, jako opařený, v bezpečné vzdálenosti. Dost bezpečné na to, aby se Josh přesunul do defenzívní pozice u plechovky, řádně ji očichal, olízal a stačil zmizet než se Adam přiblíží.

Adamovi to opravdu nějakou dobu trvalo. Stále ještě naprosto bezmyšlenkovitě vstal a kráčel k plechovce. Joshe ignoroval. Bylo mu naprosto jedno kde je a co dělá. Předklonil se, zvedl plechovku ze země, znovu ji otřel hřbetem ruky a - snědl další kousek ovoce. Poté se zarazil, ztuhl, a praštil s plechovkou o skálu.

Stál a hleděl na své zkrvavené ruce. Prohlížel si je jako kus nějakého samorostu, který právě našel. Obracel je před svýma očima a - a najednou udělal pár naštvaných kroků, popadl kámen, vzal ho do levé ruky, pravou opřel o skálu a vší silou praštil kamenem do již tak dost zakrvácené pravé ruky.

Minul. Kámen mu vypadl z ruky těsně před tím, než stačil zmrzačit kus bezduchého masa ve své trajektorii. Ticho. Opět bylo ticho. Zaposlouchal se do ticha. Zatočila se mu hlava a svalil se k zemi.

O pár hodin později ho probralo jakési hvízdání a pobrukování, které by mohl téměř nazvat melodií. Chvíli mu trvalo, než si uvědomil kde je. Okolnosti? Ty chápal. Když vstával ze země a opřel se o pravou ruku, spatřil, že je celá od krve. Zakroutil hlavou. Krev byla již zaschnutá a nezdálo se, že by na kůži způsobovala nějakou neplechu. Promnul si prsty. Zhluboka se nadechl a vydal se na cestu. Musí jít - jít až na samý vrchol. A pak? Pak se uvidí...

Přísloví

Nikdy není tak špatně aby nemohlo být ještě něco navíc...

Biblické paralely (bestseller roku 2300):
Kap. 1 - úvod
1:1   Blbosti nehledej, na to jsou jiní.
1:2   Než půjdeš ven, povol si kšandy.
1:3   Pro chytráka budeš vůl a pro vola chytrák.
Kap. 2 - moudrosti a varování
2:1   Nevěš si nic na krk, skáčeš-li o tyči.
2:2   Házej sítě tak, abys na ně sám viděl.
2:3   Malá ryba taky ryba.
Kap. 3 - další varování
3:1   Směj se dřív než bude pozdě.
3:2   Poslední se nikdy nesměje dlouho.
3:3   Než postavíš vejce na špičku tak ho uvař.
Kap. 4 - o morálce
4:1   Dělej, že rozumíš - v budoucnu se ti to bude hodit.
4:2   Nesbírej desetníky. Nemá to cenu.
4:3   Špatný sex bez romantiky je lepší než dobrá romantika bez sexu.
Kap. 5 - výhody sexu
5:1   Co se naučíš, to už nezapomeneš.
5:2   Neuč se co zapomeneš.
5:3   Zdraví a sílu nehledej u reklamní agentury.
Kap. 6 - moudrost nad moudrost
6:1   Přečti si vždycky jen kus a zbytek si domysli.

6:2 Nemysli když nemáš anebo si vem prášky na spaní.

6:3 Co na srdci to v žaludku před pumpováním.

Kap. 7 - různá varování

7:1 Jedině s ochranou.

7:2 Nemluv, nemysli a dýchej potichu když jsi sám.

7:3 Nevěř, že to vynese víc.

Kap. 8 - volání moudra

8:1 Být hluchý je lepší než být slepý.

8:2 Být oboje je nejlepší.

8:3 Nebýt je být ještě lépe.

Kap. 9 - pozvánka od sourozenců

9:1 Nezapomeň na co ses vymluvil naposled.

9:2 Být příliš chytrý se nesluší.

9:3 Chytrost a hloupost jsou definice davu.

Kap.10 - z deníku doktora Solomona: ...

2321-07-01 REGISTR22buněčnápaměť01 "dnes bylo krásné odpoledne - dokonce jsem večer viděl mrak - mám přání - abych něco velkého dokázal - pohádka o drakovi - minulý měsíc mi implantovali čip takže jsem teď dospělák a můžu teda dělat všechno co jsem nemoh - nevím už co ale určitě toho bude hodně - můžu jít i do zábavních podniků pro dospělé - XXX - ale nevím jestli půjdu - musím se ještě hodně učit - teď už sice stačí natahovat si data přes modem ale stejně - chci jednou řídit kliniku - táta chce abych jednou řídil kliniku - tisíce lidí - mít moc nad všemi - táta chce abych byl prezidentem - jednou budu řídit kliniku - ale dnes - bylo vážně hezky akorát jsme měli strach že bude kyselý déšť a zničíme si kluzáka - můj dětský sen - táta koupil kluzáka minulé léto a od té doby se jezdíme vždycky v neděli a sobotu klouzat - musím si taky pořídit nový netsystém domů protože se mi rozbila jednotka - těším se - jak jsem preparoval kočky - ty laboratorní co nevidí - ani mi jich nebylo líto protože určitě víc trpí když jsou naživu - jak je to v té Knize - a vzal jsem silikon a nechal ho vrůstat do koček a pak ten silikon spojil a udělal relátko a kontakty a ty kočky byly najednou Siamská dvojčata - což byla hrozná sranda - ale než jsem to mohl napsat do práce do školy tak chcíply - zvířata vždycky chcípnou - i lidi někdy chcípnou - říkala máma - ale většinou se jim musí pomoct - protože - to říká máma - a máma byla v církvi takže tomu rozumí - člověk se dožívá v průměru 150ti - bez kryonace - no - zítra jedeme na výlet k moři podívat se na zatopené město - už jsem zapomněl jak se jmenuje ale prý to před dvěstě nebo tak něco roky bývalo velké město v nějakém velkém státě - geografie mi nikdy moc nešla - a nemám dost bajtů abych si to všecko stáhl - to je největší problém - člověk musí víc než dřív dělat rozdíly a rozhodovat se v tom co si stáhne a co ne - dřív jsem si třeba mohl přečíst knížku a v pohodě - dneska - musím pořád kontrolovat paměť - ale prý se na to dá dobře zvyknout - říkala máma - a ta ví všechno nejlíp - ženy vůbec ví nejlíp - protože vládnou - mají moc - a taky je problém v tom, že to kdykoli můžou zkontrolovat - vlastně se neví kdo co kontroluje ale asi může kdo chce kontrolovat co chce - teda každý všechno - teda cokoli - ale mně je to fuk protože já nic špatného nedělám - se mi líbí kde jsem a co dělám - je to fajn

2333-04-03 REGISTR34 inteligentnísilikon333 "vedoucí odd.silikonových implantátů jmenován vedoucím kliniky blahopřání prezidenta ministrů vládní proslov veliký úspěch rodinný život hodnocení hledisek buňka 22 odkaz A O1 inteligentní silikon 334 "změna bydliště AVE02B noví přátelé - výčet spojení buňky: 353, 556, 334 konec registru

2351-06-06 REGISTR převedeno CENTRÁLNÍ DATABÁZE kód S-O-L-O-M-O-N heslo ****** soukromá nahrávka nepřístupná - stupeň odosobnění 1A - záznam Marie Fefersonové - "žádná problémová data ve spojení - systém plně funkční... kapacita výkonu 95% - stupeň humánnosti 70%

2355-04-07 REGISTR - poslední záznam zpřístupnění 100% - oficiální informace: NEWSREEL323: agentura CN: "Dnes proběhlo jednání vlády za zavřenými dveřmi. Účastnili se všichni ministři a zástupci ministrů jakož i volení zástupci lidu a inženýři z týmu ministra Džužui, který zasedání, kterému předsedala paní prezidentka Fefersonová s hologramickým datovým receptorem svého manžela Jobem, řídil jako speaker a transmitor myšlenek. Dvacet-šest sekund po zahájení promluvil do mikrofonů objevitel Teorie Absolutna ministr doktor Adam, který shrnul svůj plán - projekci sítě hologramických atomových bomb s helioprotovodíkovým základem. Tyto by byly uspořádány do sítě tak aby došlo k pokrytí celého zemského povrchu a k následnému zabránění proniknutí inteligentního silikonu ze stratosféry. Po výbuchu centrální nálože by mělo dle doktora Adama dojít k rozšíření spadu tak, aby dynamicky pokryl atmosféru a pohltil všechen přítomný silikon a poté se rozplynul ve stratosféře. Celá operace by neměla trvat déle, než několik hodin, řekl doktor Adam. Pochopitelně byly vzneseny námitky týkající se rizika prováděné defenzívy ale i tyto vyšly vniveč neb dle supercomputerových propočtů je riziko v porovnání s pasivním přístupem k množícímu se inteligentnímu silikonu naprosto mizivé a zanedbatelné - nějakých dvacetpět procent. Počítáno bez okraje pravděpodobné nepřesnosti neboť se výpočty supercomputeru považují za dokonalé. Známý a proslulý asociovaný profesor inženýr docent doktor uiverzálního vzduchoprázdna Bezek s projektem po určitých prvotních nesrovnalostech rovněž souhlasil a i podle něj nehrozí větší riziko než jaké by hrozilo při stejné operaci na Marsu nebo na Měsíci. Došlo k předběžnému ujednání s prezidentem Alibabou na Měsíci a byla podepsána smlouva o vzájemné nevšímavosti, což je největším pokrokem Fefersonovské diplomacie od dob samotného Fefersona. Smlouvu o nevšímavosti údajně uzavřeli také samotný prezident Alíbaba s guvernérem Spytihněvem na Marsu.

2355-05-07 REGISTR - poslední záznam zpřístupnění 100% - oficiální informace: NEWSREEL325: agentura CN: "Došlo k podepsání kontraktu na střely Bum-Bum z Aljašské produkce. Tyto najdou údajně uplatnění v první fázi útoku. Bližší informace - REGISTR FBI XC1 zpřístupnění 15%. Kyselost +8%. Hladiny tlaku jednotlivých poschodí - 150:40, 151:45, 152:40, 160:38, 300:14, 305:10, 310:nezjištěno. Ve stupních a graduentech: 44, 32,34, 34, 24, 12, nezjištěno. Předpověď na příští hodinu: .... Konec záznamu.

Když si doktor Solomon doprohlížel své vlastní záznamy a snažil se je - s marnou pečlivostí dát dohromady - ozval se net se spojovacím signálem.

"Zdravím Vás, pane," ozval se známý hlas a na obrazovce se objevila tvář doktora Gebera. "Jak se daří?" zeptal se, ale nečekal na odpověď. "Jako viceprezident Asklepiovy kliniky jsem byl pověřen abych Vás kontaktoval ve věci zesnulého pana prezidenta. Neznám další informace a nemám ani jiné příkazy. Pan prezident doktor profesor docent rafinovaný laureát vedoucí našeho velkého ústavu Asklepiovy kliniky Zabud by Vás rád osobně viděl a proto Vám zasílá tuto pozvánku..."

Á, tak Zabud povýšil... uštědřil si Solomon sám pro sebe. Jak praví známý klasik filosofického myšlení God Hot Dog: "Nadarmo kuře nehrabe."

"Jak se daří, Zabudku?" zeptal se mírně dotěrně, ale v zápětí si uvědomil, že se dívá pouze na pozvánku. Všiml si rysů jeho obličeje - přibylo mu pár vrásek a začal používat více mejkapu. Poslouchal jeho hlas - mlčky, snad s předtuchou - ale nebyl si jist o co vlastně běží. Byla to naprosto oficiální pozvánka.

Jakmile přenos skončil otočil se v křesle a chtěl vstát - přemýšlel. Přemýšlel o informacích, které má, respektive měl. Měl jistou moc, ale ta nebyla velká. Od doby co zpřístupňovali kódy čipů pro veřejnost věděli všichni o všech a tak došlo k odbourání jakýchkoli soukromých informací - ty měla pouze FBI a CIA a zvláštní agenti. Většinou cyborgové nebo roboti. Kdo znal přístupový kód? Snad nikdo...

Vstal, došel k občerstvovací skříni, pomyslel na Efokoku a už se nalévala. Určité výhody to mělo... zamlaskal spokojeně a usadil se zpět do křesla. "Takže," řekl nahlas. "Zhodnoťme situaci - Zabud s Marií to na mě shodili. To znamená..." věděl dobře co to znamená - jediný možný trest za vraždu Fefersona. Doslova a dopísmene ho ukamenují. "Jiné možnosti...?" lámal si hlavu, ale s informacemi, které měl nedokázal lépe operovat. Potřeboval přístupový kód do centrální databáze. V tom do místnosti vešel Job.

Rychlým krokem se k němu blížil. Vypadal hrozivě. "Pane, pane - " Solomon bezhlavě koktal. "Pane Fefersone!"

"Nejsem Feferson."

"Pane Job."

"Nejsem Job."

"Ale - "

"Jsem druhý klon prezidenta Fefersona. Má matka Marie mne nazvala Špinavá práce. Jsem Špinavá práce. A nyní pane Solomone jste z vyšší moci odsouzen k trestu smrti bez odvolání."

"Ale?! Cože?! A za co?!!" Solomon vstal a snažil se uniknout. Feferson-Špinavá práce šel proti němu. Vrazil do něj.

"Za co?!" vykřikl na něj Solomon. Cítil jak zády bourá skleněnou stěnu. Je ve vzduchu. Drží se Fefersona-robota. Jak ten se nahýbá a ztrácí těžiště. Jak jsou ve vzduchu. Jak padají. Padají. Padají... Jako padlí andělé.

Zaslech ještě: "Podle zákona Marie Fefersonové o neuposlechnutí jejích příkazů se odsuzujete - " Vítr mu bil do zad. V dáli - a stále se vzdalující - velká skleněná tabule se rychle zacelovala. Inteligentní silikon pracoval. Metalo-plastová ruka ho tvrdě svírala. Zavřel oči a křečovitě se držel.

Nikdy není tak špatně aby nemohlo být ještě něco navíc...

Ekleciastíci

Chvílemi měl Adam v hlavě tak prázdno, že se začínal sám sebe bát. Proto když už nevěděl kudy kam, začal si vzpomínat na to co kdy slyšel nebo četl nebo se dozvěděl ve škole a - vzpomněl si mimo jiné na díla známého filosofa Goda Hot Doga. Ten většinu svých děl začínal naučnou bajkou, fabulí či jinou rozprávkou, na které ukazoval jak moudrost svých myšlenek tak moudrost věků. Proto byl tak oblíbený - byl přístupný naprosto všem. Tedy, až na děti, neboť pohádky přece nejsou pro děti. Pokud totiž člověk ještě nemá čip, pohádky by ho mohly úplně zmást, zkazit a dezorganizovat strukturu jeho mozku. A tak první pohádka, kterou Adam slyšel pocházela právě od Goda Hot Doga.

Jmenovala se Jak křítek o panenství přišel a celá pointa vězela v tom, že člověk nemůže přijít o něco, co nemá. Bylo to velmi poučné. A oblíbené - do takové míry, že Hot Dog napsal celou sbírku pohádek o skřítcích a nazval ji Ekleciastíci. Adam jen namátkou vzpomínal: Vzpurný čip a křítkova máma, Čtyři skřítci a vlkodlak, 21 hrobařů a jeden skřítek, Jak se skřítek projel na želvě, Bylo-nebylo aneb anatomie skřítka... Adam jich pár znal z vyších loadovacích studií v U-bázi, ale nejvíce se mu líbila ta o křísení skřítků. Náhodou ji naloadoval pár dnů před svým zvolením ministrem.

Nebylo bylo nebylo nebylo bylo bylo - začínala pohádka (jak hluboce filosofické!). Na vysoké hoře seděl děd a mnul si ruce. Z rukou mu skákaly jiskry a dopadaly do trávy. Kam dopadly, tam se objevil skřítek. Děd jim ale nevěnoval pozornost - prostě dál mnul a mnul až se mu kůže slupovala a dlaně červenaly. Skřítků bylo mezitím už tolik, že si zvolili hlasovací výbor a začali hlasovat. Napřed hlasovali o tom jestli jsou nebo nejsou. Potom hlasovali zda se zeptat děda proč si mne ruce.

Tak se jejich mluvčí zvedl a zakřičel - Děde, děde, proč mneš si ruce stále? Děde, děde, nemni si už ruce dále? Ale děd nepřestal a mnul si ruce stále dál. A tak se skřítkové rozhodli postavit hlásnou troubu neb mysleli, že děd je třeba neslyší. I postavili hlásnou troubu a z plna hrdla zakřičeli. V tom děd zvedl hlavu, přestal si mnout ruce a odpověděl: Jsem Bůh vy parchanti a budu si mnout ruce jak se mi zlíbí! Budu si je mnout dokud kulový blesk nevymnu!

Skřítci oněmněli. Jen jeden, dočista malý skřítek, který byl nejblíže dědova ucha zakřičel: Kulový vymneš, děde!

A nato děd zvolil skřítka toho prezidentem skřítků všech, neboť nejvíce odvahy měl a dědovi nejvíce kulového přál. A vyzývali skřítka toho skřítkové ostatní neb se dědovi moci báli. Žili v malém městě, pak se město rozrostlo a zvětšilo - to jak jisker přibývalo.

A žili byli skřítkové ti v pokoji a míru dokud děd opravdu blesk kulový nezažehnul a skřítky všechny nezahubil. K smrti se spálili v jediném okamžiku. I zasmál se děd a takto pravil: Kulové bylo a kulové bude. A ze skály do moře skočil.

Filosof God Hot Dog dodává celou sbírku point a poučení, z nichž patrně ta nejzávažnější zní - "Špatně pochopená otázka je horší než otázka žádná." A přesně to se Adamovi vybavilo když po několika dalších hodinách stoupání se podíval k vrcholu a tam na statném pařezu jakéhosi kdysi obrovitého stromu spatřil sedět starce - bílý fous, šedavý vlas, dlouhé bílé roucho a v ruce lomenou hůl. Seděl a ani se nehnul. Zprvu si Adam myslel, že se dívá jen na přízrak, že je to snad fata morgana nebo pozůstatek stromu, nějaký pahýl, který proti nejasné obloze vypadá jako stín člověka, ale čím byl vrcholu blíže, tím více si byl jist, že je to opravdu nějaký starý muž, který sedí a nehybně rozjímá.

Začal se štrachat na horu ve dvakrát větším tempu. Nohy mu proklouzávaly po suché zemině, sjížděly v ostrých skalních výběžcích, ruce se zahlodávaly do zvětralé skály. Ráz dva ráz dva... počítal si v duchu. Nevěděl jestli počítá výdechy, vdechy nebo prostě kroky a pohyby, ale pomáhalo to. Zanedlouho stál již jen kousek pod vrcholem.

Musel si ale odpočinout. Cesta byla namahavá a vysilující. Ohlédl se za sebe, aby se pokochal výhledem a spatřil Joshe jak stojí přesně v místech, kudy před několika vteřinami prošel. Opět dostal neodolatelnou chuť ho praštit, chytit za ocas a omlátit o skálu, hodit po něm kámen a zasáhnout ho přímo mezi oči - ty odporné, zelené oči, které ho neustále pronásledovaly - kam se hnul, každý krok i pohyb.

Místo toho jen bezradně vydechnul a odevzdaně odhlédl od Joshe. Ten neviditelně zmizel z dohledu.

Výhled? Výhled na co? Marně se díval po okolí. Vše leželo jakoby zahaleno v mlžném oparu - jemném, průsvitném, ale přitom zabraňujícím čistému pohledu. Stále bylo dost velké šero, které - Adam měl dojem - se za posledních několik dnů jeho poutě zhoršovalo. Vědecky si dokázal vysvětlit vše. Tušil k jakým reakcím došlo, znal chemické sloučeniny, měl v paměti rovnice i jejich výsledky. Ano, byla to jedna z variant a on to věděl. Bylo snad něco co nevěděl? Rty se mu zkřivily v sarkastický úšklebek. Posadil se na nejbližší kámen aby si odpočinul.

Když se konečně doštrachal na vrchol a pohlédl na pařez spatřil starce - chabého, hubeného tak, že téměř prosvítal. Klekl si před něj a čekal -

Dlouho se nic nedělo, když tu z ničeho nic stařec pomalu, zvolna zvedl hlavu a podíval se Adamovi do očí. Byl to zvláštní pohled - měl tmavé oči, ale ne tak tmavé aby se z nich nedalo číst - ani jeho tvář nebyla úplně bez rysů... Každá rýha, každý zářez na jeho tvářích, nad obočím i na krku jako by vyprávěla svůj vlastní příběh. Nebylo třeba slov - pouze pohledu.

Adam klečel - dlouho klečel, až ho začaly do nohou chytat křeče - ale stařec se ani nepohnul. Chtěl se na něco zeptat, ale nedokázal ze sebe dostat ani slovo. "Co - co - ". Měl pocit, že stařec mírně zavrtěl hlavou a jakoby Adamovi pokynul, aby šel dál. Nato se Adam zvedl a aniž by se podíval, kam jde - šlápl do prázdna. To ho probudilo.

Najednou - ale to už bylo pozdě - si uvědomil, že stojí na skalním výběžku a že přímo pod ním nic není. Viděl obrovskou propast - prázdno - temno - nekonečno... a vykročil. Bylo pozdě vrátit ten krok zpět. Pouze cítil, jak mu podjíždí i druhá noha, jak se nemá čeho chytit, hází rukama ve vzduchu a - padá. To je konec! pomyslil si. Teď se zabiju.

Ale nebyl to konec - tvrdě a těžce přistál necelé dva metry pod převisem na slabě porostlém výběžku. Žuchl s sebou přímo na zadek jako pytel brambor. Jakoby zaslechl chabý smích. Podíval se nahoru, ale nic neviděl. Jak si stoupal a opřel se rukama o zem, uvědomil si, že nahmatává trávu. Nechtěl věřit svým očím - tráva - opravdová tráva! To znamenalo...

Celý blahem bez sebe si stoupl a podíval se zpět. Spatřil mohutný pařez a na něm - seděl Josh! Byl to sen nebo skutečnost? Promnul si oči, ale Josh tam byl pořád. Měl pocit - ale byl od něj pár metrů daleko, takže to mohlo být pouhé zdání - že se mu Josh dívá do očí naprosto stejně jako před chvílí ten neznámý stařec. Nechápal to - nedokázal na to přijít. Co se to vlastně stalo? Když v tom ucítil lehký vánek.

Píseň písní

Projednávání operace Blitzkierch v parlamentu začalo okamžitě poté, co se objevila Marie. Na nejasných tvářích se značily rozpaky. Vrásčitá tvář starostlivého ministra Džužui jakoby odrážela neviditelné vlny napětí. Plán nebyl. Návrhy? Jaké mohly být návrhy bez Mariiny přítomnosti...? Jakmile si stoupla před sněmovnu, dav se utišil. Dávala si pozor na myšlenky, protože ve sněmovně fungovalo několik transmiterů zároveň. Napravo stála čidla tisku, nalevo záznamové počítačové středisko. Pohlédla - poprvé a naposled - do tváří těch, kdo ji a její vládu reprezentovali.

"Milí, vážení," odmlčela se, "kolegové," napadlo ji jakmile spatřila Simenona. "Všichni víme, o co zde kráčí. Jde jen o to se rozhodnout. Nebudu vás v žádném případě přesvědčovat - i když způsobů a metod k přesvědčování by se našlo dost - zrovna tak jako i důvodů proč to dělat. Nebudu vám zde ani přednášet o tom, co byste mohli nebo měli udělat. Jste mnohdy starší ba dokonce i zkušenější než já. Jste vzdělaní, máte přístup k informacím. Konečné rozhodnutí vždy bude jen a pouze na vás. Ve složce XX2 najdete materiály ke střelám Bum-Bum a k jejich užití v případech jako je tento. Dále ve složce XX4 můžete vidět současnou prognózu degradační denaturace v případě jejich konsekvenčního zavedení či spuštění. Složka XX3 obsahuje srovnávací databázi Binga-Bonga versus Bum-Bum a prototypového modelu Bum-Bum-Bum. Můžeme se podívat i na prognózy v případě porušení relativity a absolutního zamoření, které - jak tvrdí náš kolega ministr doktor Adam je tak nepravděpodobné že je možno jej na první úsudek vyloučit. Dále můžeme konzultovat superpočítač Job a jeho databázi, která se shoduje s informační bankou prezidenta Fefersona..."

129

Doufala, že když zmíní Fefersona, tak vzbudí něco lítosti a soucitu. Přepočítala se. Možná, že na pár z nich to účinkovalo, ale mnozí byli příliš zkušení a znali stejné - snad i lepší - taktiky jako ona. Neměli důvod více mlčet. V sázce bylo příliš. "Já jsem zásadně proti útoku!" vstal jeden - ani ho neznala - a začal burcovat další. "Musíme se chovat civilizovaně!" Pár se jich připojilo. "Ano, ano," volala jedna postava z prostřed místnosti, "jak říkal filosof Mahajamaha Gdundee zvaný Krokodýl - bojujme ale nevstávejme." Nato se připojilo pár dalších. "Ano, pravda, všichni známe historii. Musíme zůstat sedět." Pár z nich začalo skandovat, "Zůstat sedět! Zůstat sedět! Zůstat..." V tom se ozvalo z druhé strany auditoria, "To je nesmysl! To je blbost! Musíme si vzít příklad z odkazu prezidenta Fefersona a historie Velkého Odvazu! Musíme se do toho pořádně opřít!" Pár hlasů se připojilo, "Pořádně opřít! Musíme se pořádně opřít!" skandovali snažíc se ze všech sil překřičet své odpůrce, kteří jim do tváře vmetli Gdundeeho slova, "Zůstat sedět!" - "Pořádně se opřít!" - "Zůstat sedět!" - "Pořádně se opřít!" - "Zůstat sedět!" - "Pořádně se opřít!"

Marie byla nucena spustit ultrazvukový varovací signál. Následoval by plyn. Všichni se okamžitě utišili. Drželi se za hlavy a hleděli k Marii. Ani je nenapadlo proč že se vlastně Marie za uši nedrží. Adama to napadlo, ale nedokázal na to přijít. Zavládlo ticho. Marie projela očima po místnosti. Pokynula Džužuovi aby se ujal slova.

"Dámy a pánové," pronesl Džužua, "Máte všichni svým způsobem pravdu. Jak pravil sám velký God Hot Dog - Žádný skřítek není ve své pravdě sám. Ano, musím - i já - citovat. Žijeme ve světě autorit a tradice. Musíme poslouchat tradici. Tradice je naše společnost. Tradice jsme my." Džužua se odmlčel, usrkl ze sklenice Efokoky a pokračoval. "God Hot Dog pravil: Skřítci milujte se a množte se. God Hot Dog pravil: Čím vyšší židle, tím vyšší skřítek! Jsou to moudrá slova, o tom není pochyb, ale co si z nich odnášíme? Co si odnášíme z historie, z naší minulosti, z našeho světa?..."

Džužua mluvil a mluvil. Byl nejlepším řečníkem sněmovny a každý to o něm věděl. Jeho projevy byly dlouhé, filosofické a měly silné morální a etické jádro a podstatu - i když poněkud hůře definovatelnou. Marie to věděla a věděla také, že jakmile Džužua spustí, tak se hned tak nezastaví a že buď všechny přesvědčí o tom, o čem ona chce, aby je přesvědčil, anebo je tak unaví a vyčerpá svým projevem, že budou připraveni souhlasit téměř s čímkoli. Pousmála se. Všimla si, že Adam vstal a vzal si povolení se vzdálit na toaletu. Opatrně se vytratila za ním.

"Můžu na slovíčko?" vyzvala ho ještě než ji spozoroval.

Adam překvapením ani nemrkl. Něco mu říkalo, že s ním bude chtít mluvit, ale nevěděl dobře proč. Přitáhla si ho k sobě. Vypadala rozrušeně, snad naštvaně. Cítil jak v ní vibruje strach a úzkost. Čekal, že se mu s něčím svěří, že mu řekne něco velmi osobního. Čekal prosbu, snad žádost. "Bude-li se projednávat návrh útoku tak očekávám spolupráci. Je třeba si uvědomit, že ani v případě totálního kolpsu a neúspěchu celé akce je kam se obrátit. Námořní síly byly informovány a máme tam své lidi. Víte co tím myslím?"

"Ne není odpověď," řekl Adam tiše.

"Tak nějak," tvrdě odpověděla Marie a ještě než se otočila aby se vrátila k projednávání její pravé oko téměř neznatelně tiklo jakoby se jí kapka vody otřela o víčko a její ústa se rozjela do úsměvu. "Tak zatím," řekla ještě ale to už byla k Adamovi zády a zmizela mu z dohledu.

Adam osaměl. Rád by věděl co za tím vězí. Napadala ho spousta věcí. O existenci podmořských ponorkových přístavů věděl téměř každý, ale málokdo měl informace dost detailní na to, aby věděl - v případě nejhorším - kam se obrátit a jak se na určené místo dostat. Lidí bylo prostě příliš. Veškeré legální snahy o omezení života člověka selhaly.

Ve chvíli kdy se Adam vracel na své místo ministr Džužua právě pronášel další citát: "...a vzpomeňte si na Skřítka a 40 partyzánů od velkého Goda Hot Doga - Kdo žije pro nemožné tak - "

Marie ho přerušila. "Omlouvám se, ale tolik času nemáme." Byla si dobře vědoma rizika jaké podstupuje. "Musíme jednat. Musíme si sednout a pořádně se do toho opřít!" Zpozorovala porozumnění na všech tvářích. Rozpory a protiklady mizely jako dusičnany z deštivého rána. Zachrání se kdo se chce zachránit.

"Hlasování o střelách!" ozvalo se z reproduktorů. Na monitorech se okamžitě objevily výsledky. Člověk musel ovládat své myšlenky. Adam příliš nerozuměl jak to dělají jiní, ale nyní mu to bylo vcelku jedno. Hlasoval pro Binga-Bonga a myslel si ´k čertu s tím...´. Na jeho monitoru se objevil cekový stav hlasování a jeho procentuální hladiny. Vždycky ho překvapilo, co si vlastně myslí: Bonga 65, BumBum 12, BumBumBum 20... Nikdy to nebyla stovka. I tak četl myšlenky dost dokonale. Hlasování o útoku se omezovalo na vybrané členy sněmovny ale nikdo nevěděl na koho. Pouze výsledky byly dostupné veřejně: ´pozitivních 93%´. Nebylo pochyb o tom, že to byla Mariina zásluha, ale i tak věřil, že většina - včetně jeho - byla pro. Konec konců - byl to jeho plán, jeho myšlenka...

"A nyní," Marie zatleskala. "Nyní si spolu zaspíváme Píseň písní - starou legendární píseň, která provází lidstvo od jeho vzniku. Pro ty, co náhodou text neznají úplně přesně je k dispozici na obrazovce. Všichni začali zírat do obrazovek a hltat informace - pár historických údajů, nejspíše smyšlených, a nakonec text celé písně.

Adamovy oči klouzaly po obrazovce jako na ojetá kola na ledu. Nechápal proč dělá to, co dělá. Věděl jen, že když jednou začal tak v tom musí pokračovat. Četl slova a bezmyšlenkovitě je odříkával do mikrofonu. Ani se nesnažil zpívat. Nemohl se dívat kolem sebe - na tu spoušť, na ty trosky lidí, na ty bezduché masky. Nakonec, ať se stane co se stane, bude to jedině dobře. Třeba si člověk uvědomí, že o bytí nelze hlasovat - že jsou věci, na kterých žádné hlasování nikdy nic nezmění. Zasmál se. Sám pro sebe. Dost možná ani nevěděl, že se směje. Snad si uvědomoval to co dělá stejně jako to co nedělá - své tělo, orgány, pocity... Vše byla pouhá fraška.

Intermezzo

"Milovaný!" rozeznělo se parlamentní síní. Všechny oči patřily na Joba. Ten stál poklidně vedle Marie, která ho telepaticky přepnula na úsporný provoz. Sama Píseň písní neznala, ale věděla, že prezident Feferson ji jednou ročně povoloval zpívat veřejně při příležitosti státních oslav. Každé slovo mnula v puse jako nepředzažitou stravu.

"Ať ten kdo již není se začne usmívat -
protože úsměv toho co není je znát,
navoňme mrtvoly našich bratrů
a učiňme zázrak z páchnoucích patrů.
Ženy i muži i ostatní budou milovat.
Vezmi mne s sebou chci taky Ti dát
Vezmi mne s sebou na onu místnost
Vezmi mne s sebou kde máme jisto."

Všichni se na chvíli odmlčeli aby nechali doznít elektronické chorály. Marie chytila Joba za studenou, necitlivou ruku a pevně stiskla.

"Přátelé!" rozeznělo se od stěny ke stěně.
"Již dozněly Vaše kroky
jak loky z nádoby efokoky."
"Milovaný! Jakým právem? Právem pravým!"
"Mám špínu za nehty - špínou se dávím
přesto jsem milován - ach dcery Šin-Šingtonu
jak kůra kyselé borovice se ronu
ač cítím se jako U sedmi bolavých
hleděti na smrad je hřích
protože pochází od města velkého
protože pochází od člověka zralého -
i když mí bratři a sestry se na mne hněvají

i když mne poslali do háje a nic mi nedají
hájek můj ladem si leží - há - ha - há
o co tu, o co tu běží?
Řekni mi, Ty kdo mou lásku sdílíš - kam hledíš?
Když hledíš tak špínu svou cítíš a svědíš?
Nad efokoky opojením směješ se - há?
Myslíš že každá Ti, každá Ti dá?
Kam ukládáš své záložní kopie když chodíš spát?
Dej mi jen koutečkem očíčka znát.
Proč bych měl být jak panenská studna
na poušti přátel - suchých - tak nudná?"
"Přátelé, ta nejhezčí studna je suchá
neb miluje přátele své - přátele své -
a k potřebám ostatních sama je hluchá
neb vysychá noci a vyschlá je dne."
"Sexovaný!" (opět pohlédli přímo na Joba)
"Sexuji Tě můj nejdražší více než cokoli
střely Bum-Bum i silikon na poli.
Tvé tváře hoří jak bombičky z atomu
a na krku zračí se jizvičky neonu.
Na uši pověsím Ti kapičky Koky
Budeme živi pak na věčné roky!"
"Milovaný! - Král čeká u stolu již
zapáchá jak Ty a Tvůj kříž.
Můj milovaný je jako stará nábojnice
stačí mi jeden jen - nechci jich více.
Mezi prsa si přitisknu špínu z uší
milovat budeme jak se patří a sluší."
"Milovaný! Jak si krásně špinavý
Na zdraví! Na zdraví! Na zdraví!"
"Sexovaný! Copak Tě napraví?"
Opět došlo k malé odmlce neboť měla začít další část písně. Tu uváděla
Marie - měla v ní svůj nepatrný dodatek.
"Já jsem růže Šin-Šingtonu
konvalinka od zákonu."
"Milovaný!" (zraky všech přítomných opět spočinuly na Jobovi)
"Jako jablko nepadá daleko od stromu
tak i ty buď vítán do domu.
Zastiňuj oblohu neustále

přinášej ovoce ne dost zralé.
Na večírky a na bankety
zakrývej nás svými květy.
Dej mi rozinky a jablka
ať se Tvé lásky nalokám.
Levou paží objímej
ani pravou nenechej
ladem jak Alibabů potomky
jak Sajinovy záhonky
nevolej lásku sám
žaludek těžký mám.
Poslouchej, milý můj
ač páchnu jak kraví hnůj
ač nohy mne bolí a chřadnu
tohleto říci zvládnu:
můj milý je jako chrobák veliký
k večeři jídá knedlíky
své škraně mastí lojem
a přikrývá se hnojem
až přijde čas okurek
dám mu na to jeden lék
pak si mne vážit bude
pít se mnou bílé, rudé
zelené i s černými oxidy
než zahyneme na hnídy.
Vstaň drahý, vstaň,
budeme platit daň."

Při slůvku daň několik poslanců a poslankyň zatleskalo a podívalo se na sebe s výrazem blaha a naprostého uspokojení. Adam stál, mlčky otvíral pusu, ale hluboko uvnitř byl dál ve své krajině, daleko od lidí - krajině bez začátku a konce, bez rozhodování, slibů, podpisů a smluv, krajině, kde všichni lidé, kteří tam zavítají žijí pospolu, mají své místo nikoli pouze mezi sebou a navzájem, ale každý zvlášť. Chápal, že to co dělají je nezbytnost, protože moderní tradice je křehká věc a je třeba ji utužovat písněmi a lidovým uměním a - kde jinde než v parlamentu, který má jít příkladem. Napadlo ho, že jsou právě přenášeni všemi masmédii do celého světa. To ještě nezaručovalo, že se na ně lidé dívali, ale na pořadu bylo jednání nad míru důležité, takže...

"Milovaný!" začala další část písně a Adam zalistoval v obsahu. Osm částí. To není tak hrozné. Vybavil si jednu lidovou - "K Šin-Šingtonu táhnou sloni" - která měla stejně malý význam i logiku - alespoň na první pohled - ale díky rytmu a snadným slovům se stala tak populární, že tři velké koncerny na ní vydělaly miliony - snad miliardy - a dosáhly značné interplanetární popularity. I když vlastně pocházely z jiné kultury - původě od měsíčních Arabů.

Adam proletěl pár slok dopředu: samé "Milovaný!" a "Sexovaný!"... kdo věděl význam těch slov? Snad ani Feferson by nevěděl. Feferson... Starý dobrý Feferson. Časy se mění. Mrkl okem po Marii. Se zaujetím pěla song, ale jakmile na sobě ucítila jeho pohled, okamžitě se odmlčela a sjela ho od hlavy až k patě svým tvrdým - a přece neškodně pronikavým - pohledem.

Začala pátá část a Adam byl opravdu unavený. Přepnul na automat a začal se toulat po svých podvědomých myšlenkách.

"A já jsem přišel do zahrady, sestro, do zahrady,
abych spatřil Tvoje vnady, sestro, tvoje vnady.
Donesu si sůl a pepř, donesu si pepř
neb Tvá krása je jak vepřové.
Brzy bude hotové, brzy bude hotové..."

"Naplňte si žaludky, žaludky,
utečte se do budky, do budky.
S naplněným žaludkem
zkropte kyselinou zem..."

Proč se to pořád opakuje? napadlo Adama. Měl člověk vždycky takovou paměť jako dnes? Teda - přirozenou paměť - tak špatnou a tak nedokonalou...? Kdo ví... co je to vlastně minulost. Pár záznamů v elektronické poště? Pár hodin na netu, pár dnů strávených jako všichni ostatní? Možná je právě to to co nás pojí... Jenom tohle? Adam nijaké pouto necítil. To co cítil se nedalo popsat, ale výraz "pouto" se pro to rozhodně použít nedal.

"Milovaný! Milovaně sexovaný!"

Konečně konec.

"Žij v zahradách Šin-Šingtonu."

Adam marně vzpomínal kde jsou jaké zahrady v Šin-Šingtonu. Pak mu došlo, že čtyřicáté sedmé patro budovy ve které se právě nacházeli je věnováno odpočinku a relaxaci a je tam nějaká zahrada.

"A zpívej a pěj hlasem zvonu!"

"A pojď a pojď a pojď
jako chrobák na stěně
jako rychlá veš
posol se a pocukruj - běž! Běž! Běž!"

Odhalení

Konec Písně písní se Adamovi vybavil přesně ve chvíli kdy pohlédl do neznáma, aby se podíval odkud vane ten příjemný větřík a - . Nebyl si tak docela jist tím co viděl. Šedočerná obloha splývala s horizontem a nešlo dobře rozpoznat kde končila a kde začínala zem. Vlastně zemi vůbec neviděl. Viděl něco zvláštního - mlhavý opar táhnoucí se v rovině od obzoru téměř až k jeho nohám. Vše mělo šedavě-hnědý nádech a nezdálo se, že vládne životem. Pustina?

Začal scházet dolů z masívu. Sestup se zdál obtížnější, než výstup, ale byl tak nadšený tím, co spatřil, že místy běžel, seskakoval a škrábal se jako pavouk jen aby byl co nejdřív co nejníž - jen aby co nejdříve spatřil co leží pod tím kyselým chladným oparem. Jestli má pravdu - jestli se jeho tušení potvrdí...

Nevydržel to na jeden zátah. Ač spěchal a snažil se co to šlo, vzdálenost, která se původně jevila jako pouhých pár desítek metrů se začínala prodlužovat. Po chvíli se zastavil, aby si odpočinul. Posadil se na skálu a hleděl kolem sebe - pár odolných lišejníků na něj zíral z pod kamene. Jakoby mu pokládaly otázku. Nevěděl přesně jakou, ale tušil její smysl. Všechny otázky nemají slova. Všechny otázky nejsou věty. Všechny otázky nemají význam...

Mají význam odpovědi? Zamyslel se, ale nešlo přemýšlet. Objevil se před ním Josh a jakoby po něm něco chtěl. Nejdříve se zdálo, že hned zase hodlá zmizet, ale po chvíli si to rozmyslel. Pomalu se šoural blíž. Ostražitě sledoval Adama. Ten ho nechal doplížit až ke svým nohám. Všiml si jak má krásně hebkou pleť a čisťounké tlapky. Téměř nedýchal když se mu Josh začal otírat o nohy. Zvláštní, řekl si, a hlavou mu projelo, že teď - teprve teď - si na něj Josh zvykl, - že je jako jeho přítel, nejlepší přítel.

Hlavou mu projel impuls - dotknout se ho, pohladit tu hebkou srst - tam a zpět - cítit ten život uvnitř, život, který pomalu dohasíná jako všechno kolem. Proč? Otázky. Možná, že on sám chce aby dohasl. Napadlo ho vzít Joshe do rukou, pohladit si ho - jemně a mateřsky - a pak se zvednout a jít ke skále. Nechtěl to domýšlet, ale jeho myšlenky byl zářnější a jasnější než samo slunce - kdyby někde nějaké bylo. S uspokojením se pousmál. Snad ani nevěděl, že se usmívá, ale ten pocit, to teplo, které se mu s myšlenkou na Joshe rozlilo po hrudi jako horký čaj - to zůstávalo. Blesklo mu jak Josh letí vzduchem, jak ho on, Adam, odhazuje pryč a to naivní a důvěřivé zvíře - snad poslední na Zemi - na něj ještě hledí svýma smaragdovýma očima, které nic nechápou, ničemu nerozumí, jenom se pořád diví a mlčí, diví a mlčí. To ho na Joshovi dráždilo nejvíc.

Ještě chvíli přemýtal. Jeho pravá ruka pomalu sjela mezi nohy a níž a níž - jako had z mlhavého nekonečna nebes - a plížila se dál až její prsty téměř dosahovaly Joshovy naježené srsti když v tom - .

Si Adam všiml, že ten táhlý mlžný opar leží o pár desítek metrů níž, že se dívá přímo dolů a vidí - . Vstal. Vyskočil jako by dostal ránu proudem a zkameněl. Josh se nechápavě podíval nahoru a během vteřiny byl ten tam. Adam stál jako solný sloup a hleděl přímo před sebe. To co viděl, tomu se nedalo věřit - moře! Ne, byl to oceán.

Tmavěmodrá hladina, nekonečně přitažlivá, hluboká a krásná, okouzlující a fascinující. Bylo sice stále šero, horizont se stále mračil svou nabubřele šedohnědou vráskou, ale to vůbec neubíralo na ohromujícím zážitku, jaký koloval Adamem - jeho krev, jeho mysl, jeho každý sval a šlacha stály v pozoru a bez hnutí ale vevnitř, vevnitř pulzovaly jako špičkový elektronický mozek, jako atomy heliové bomby, jako elektrický proud ve světelném výboji. Jak fascinující! Jak okouzlující!

Úplně zapomněl na Joshe a běžel a běžel a - nepřestával. Dostal se až téměř do roviny, k úpatí hory, zastavil se, aby popadl dech a letěl dál. Najednou se mu i lépe dýchalo. Byl zesláblý, vyhladovělý a celé tělo ho bolelo, ale vnímal jen jedno - tu temně přitažlivou záchranu před sebou.

Mohlo uplynout několik hodin, snad i celý den, než se dostal až téměř k samému pobřeží. Z ničeho nic ho začaly chytat křeče do nohou. Jako opilec se plahočil přes kameny a písek. Kolem nikdo. Nikde nikdo. Ani náznak života. Najednou se mu stáhl lýtkový sval - tak prudce, že spadl. Chytil se za nohu a úpěl bolestí.

Trvalo dlouho, než se bolest utišila. Usnul. Pár hodin ležel bez hnutí. Probudila ho zima. Otřásl se jako divoké zvíře. Chtěl si stoupnout, ale noha ho stále bolela. Pomalu dostal odvahu a začal se plazit po čtyřech. Jeho ruce se tu a tam zabořily místo do tvrdé hlíny, štěrkopísku nebo kamene, do měkké trávy. Nevšiml si toho.

Až po chvíli. "To znamená - !" řekl nahlas a významně - sám pro sebe, nikdo ho nemohl slyšet. "To znamená že to nekončí! Nic nekončí!" Vykřikoval a navzdory bolesti skákal kolem, utrženou trávu, kterou držel v rukách pomalu a zvolna pouštěl k zemi a jakoby tancoval - "Nekončí! Ne-kon-čí! Tra-la-la...!"

Josh, který ho už notnou chvíli sledoval z vrcholku nedalekého obrovitého kamene se posadil a začal příst. Nevěděl proč, ale bylo mu to jedno. Taky asi ani nevěděl, že přede. Věděl ale, že jestliže to neví tak ví, že to neví. A nejspíš proto předl. Jeho oči sjely Adama od hlavy k patě a zpět. Taky ho trápil hlad. Ta poslední potvora, kterou si ulovil za moc nestála. Nebyl zvyklý na živou, hýbající se potravu. I když ho bavilo ji lovit. Mohl se popukat z toho jak se ho ty žalmy bály... Škoda, že ho Adam neviděl lovit. Býval by k němu měl určitě větší respekt. Ale co, vždyť je to jen tupý divoch.

Adam netušil, že ho Josh sleduje. Ještě chvíli se celý rozradostněný nakrucoval a pouštěl si na hlavu travnatý deštík. Impulzivně se vydal směrem k moři. Nohy ho táhly - téměř samy - jako nikdy před tím. Měl pocit, že mu narůstají křídla, že se každou chvíli vznese a poletí... Ale ne, nechtěl letět. Lítání už měl dost.

Chtěl plavat. Chtěl se potopit a odplavat od břehu. Podívat se na ten kus země, kde málem zahynul - jak stojí ani nedutá zatímco on, veliký a silný, člověk, On-Člověk, se mu směje do očí. Chtěl se smát. Chtěl se vysmívat. Chtěl se s pohrdáním obrátit a říct - ha! - Tohle bylo co?! Procházka růžovou zahradou?!

Ani ze sebe neshodil šaty. Prostě tak jak byl - špinavý, zakrvácený, podřený a celý od potu - vběhl po kamenné pláži do moře. Běžel - pomalu a vytrvale - až už nedosáhl na dno a začal plavat. Plaval dokud mohl a pak se otočil. Spatřil obrys pohoří, polopoušní krajinu a skály, kameny a - horu po které slezl, táhnoucí se až do tmavé, těžké oblohy.

Začal se smát. Nahlas a pronikavě. Smál se jak jenom mohl. Cítil jak jeho celé tělo vydává vibrace, jak vodou proniká jeho smích, jak trhá oblohu na kusy, jak drtí skály a zahřívá moře, jak krouží všemi stranami kolem celé planety a triumfálně se jako bumerang vrací zpět. Smál se dlouho a hlasitě. A když už se nemohl smát začal něco vykřikovat. Spatřil Joshe, jak sedí na břehu na jednom skalním výběžku a se závistí ho pozoruje. Všichni ho pozorovali se závistí.

Začal jim mávat - napřed Joshovi, potom skalám - každé zvlášť i najednou - pak i mrakům a vzduchu a žalmám kdesi v horách. Mával všemu a všem a volal "Tady jsem! Tady jsem! To jsem já - Adam! Tady!" A viděl jak se skály obracejí a tleskají mu, jak se vzduch zvlnil v mnohabarevnou stopu a mává mu, jak i žalmy začaly pět a -

Snad jen Josh seděl dál na stejném místě a hleděl před sebe - někam do neznáma do neurčita, svýma nic neříkajícíma smaragdovýma očima a jeho srst se naježovala při závanech nepatrného větříku, který nenáviděl, protože mu hnal prach přímo do očí a musel je přimhuřovat a protože nebyl nejmladší tak už ani sám o sobě neviděl nejlépe a celá ta podivuhodná šou ho náramně nudila.

Když zaniklo Adamovo volání, pomalu vstal a šoural se po břehu. Moře bylo klidné a snad - s trochou štěstí - se mezi kameny dalo něco najít. Pomalu si namočil přední tlapky, potom zadní, ale dál nešel. Zůstal těsně u břehu a mžoural v nakyslé solené vodě když v tom se pár desítek metrů od něj voda vzepnula, otevřela se a z ní se vynořila jakási prapodivná ryba s ploutví ve tvaru ostrého rohu stolu a na jejím hřbetě seděl - .

Byl to jen zlomek vteřiny a Josh moc dobře neviděl, ale jakkoli se to zdálo nepravděpodobné tak viděl jak na jejím hřbetě sedí Adam, drží se jí za ploutev a se smíchem ji pobízí nohama. Než se Josh nadál, celý výjev zmizel pod hladinou. Chvíli tam bez hnutí stál a čekal co se bude dít.

Ticho. Nestalo se nic. Už vůbec nic. Pod přední tlapkou ucítil nějako mořskou potvůrku, rychle vytasil drápky a aniž by se díval co to je se do ní zakousl.

To ticho se mu líbilo. Žaludek se utišil a po těle se mu rozlilo příjemné teplo. Chytil těch potvůrek ještě několik. Vylezl z vody ven a řádně se otřepal. Vyškrábal se zpět na skálu jako had lačnící po sluníčku. Těžce si sedl. Tlapky mu sjely po kameni. Nebránil se. Jakmile ležel, oči se mu automaticky přivřely a s vrněním usnul. Snad měl sen o tom jak loví žalmy, snad o tom jak jde pouští a pronásleduje ho černá kočka, nebo jak sám sedí na delfínovi a dráždí ho drápky, jak má nad ním moc anebo - dost možná - se mu prostě zdálo, že leží na teplé zemi u krbu, všude je pohoda a mír a až se vzbudí tak se může napít mléka a dostane zbytky od oběda... A snad se mu nezdálo vůbec nic. Kdo ví...?